Organização e tradução

Sérgio Capparelli e Márcia Schmaltz

FÁBULAS CHINESAS

www.lpm.com.br

L&PM POCKET

COLEÇÃO 64 PÁGINAS

Coleção **L&PM** POCKET, vol. 1018

Texto de acordo com a nova ortografia.
Estas fábulas foram extraídas do livro *50 fábulas da China fabulosa* publicado pela L&PM Editores, em 2007

Esta edição na Coleção **L&PM** POCKET: fevereiro de 2012
Esta reimpressão: agosto de 2012

Organização e tradução: Sérgio Capparelli e Márcia Schmaltz
Capa: Ivan Pinheiro Machado. *Ilustração*: Artista anônimo
Ilustrações do miolo: Artistas anônimos, imagens do cotidiano do povo chinês
Revisão: Jó Saldanha e Bianca Pasqualini

CIP-Brasil. Catalogação na Fonte
Sindicato Nacional dos Editores de Livros, RJ

F122

Fábulas chinesas / organização e tradução Sérgio Capparelli e Márcia Schmaltz. – Porto Alegre, RS: L&PM, 2012.
64p. : il. (Coleção L&PM POCKET, v. 1018)

ISBN 978-85-254-2596-6

1. Fábulas chinesas. I. Capparelli, Sérgio, 1947-. II. Schmaltz, Márcia, 1973-. III. Série

12-0679. CDD: 895.13
CDU: 821.581-3

Rua Comendador Coruja, 314, loja 9 – Floresta – 90220-180
Porto Alegre – RS – Brasil / Fone: 51.3225.5777 – Fax: 51.3221.5380

Pedidos & Depto. comercial: vendas@lpm.com.br
Fale conosco: info@lpm.com.br
www.lpm.com.br

Impresso no Brasil
Inverno de 2012

Sumário

O velho louco que removeu as montanhas

Liezi

Perto das montanhas Taihang e Wangwu*, vivia um velho de noventa anos que todo mundo achava louco. Ele tinha uma ideia fixa, a de remover as montanhas da frente de sua aldeia e levá-las para outro lugar. Ninguém acreditou que ele fosse fazer isso.

Certa noite todos foram dormir tranquilos. No dia seguinte, o velho louco acordou bem cedo e disse novamente que iria remover as duas montanhas, para abrir um caminho até Hanying**, onde os agricultores iam vender seus produtos no mercado.

Ele começou a encher um cesto com pedras e, pouco depois, passou perto de sua casa com a carga nas costas.

Sua mulher perguntou:

– Onde vai jogar a montanha?

– No mar Bohai***.

---

* Dizem que essas duas montanhas estavam no sul do país. Hoje, uma está em Qinghai e a outra, na periferia de Beijing.

** Hanying fica na atual província de Shanxi.

*** O mar Bohai é um mar interior da China, situado entre as penínsulas de Shandong e Liaodong, com o estreito de Bohai ao leste.

Logo seu filho e seus três netos foram trabalhar com ele. Juntos quebravam as pedras, tiravam a terra, enchiam com ela os cestos e iam jogá-las no mar Bohai. Até o filho de sete anos da viúva, que nascera depois da morte do vizinho, veio ajudá-los. Eles trabalhavam de domingo a domingo, de primavera a primavera, voltando para casa apenas uma vez por ano.

Mesmo algumas pessoas que não acreditavam que fosse possível tirar as montanhas do lugar se dispuseram a ajudar o velho louco. Primeiro sua mulher e seus outros filhos. Depois os vizinhos e os vizinhos de seus vizinhos. Mais tarde acharam, sim, que a montanha tinha de dar passagem até Hanying.

Um sábio que vivia na curva do rio tentou dissuadi-lo daquela loucura.

– Deixa de ser doido. Um homem velho e fraco como você, incapaz de carregar um saco de areia, vai remover duas montanhas para mudá-las de lugar?

O velho deu um suspiro. Olhou para a montanha, olhou para o mar Bohai, lá longe, como se calculasse quanto tempo faltava para terminar o trabalho, e disse:

– Se eu morrer, eu deixo o meu filho e o filho do meu filho, o filho do meu neto, o filho do filho do meu neto. Já as montanhas, não crescem mais nem aumentam de tamanho. Por isso eu vou continuar meu trabalho.

O sábio da curva do rio não soube o que responder.

A MOÇA QUE QUERIA COMER NO LESTE E DORMIR NO OESTE

Ying Shao

No estado de Qi*, havia uma moça em idade de casar. Era muito bonita e tinha muitos pretendentes, mas não sabia que noivo escolher. Um dia, dois moços diferentes foram à sua casa pedi-la em casamento. Um morava no Leste e o outro no Oeste.

O moço que morava no Leste era feio, mas vinha de uma família muito rica. O moço que morava no Oeste era bonito, mas vinha de uma família muito pobre. Os pais da moça não sabiam qual marido apresentar para sua filha. Então eles permitiram que ela desse a sua opinião sobre a pessoa com quem queria se casar** .

A moça ficou encabulada. Passou o tempo, e nada de uma resposta. Seu pai chamou sua mulher para um canto e perguntou:

– Nossa filha não tem coragem de falar?

---

* Qi era um dos feudos da dinastia Zhou (1122-265 a.C.) e estava localizado na atual província de Shandong, no Leste da China.

** O casamento na China antiga era arranjado pelos pais. Normalmente, os filhos não eram consultados.

A mãe foi até onde estava sua filha e disse:

– Você não tem coragem de falar? Se está com vergonha, apenas aponte para o rapaz de sua preferência. Quer dizer, nem precisa apontar. Toque em seu próprio braço. Se tocar no braço esquerdo, é que gosta do rapaz do Oeste, que está na sua esquerda. Se tocar no braço direito, é que gosta do rapaz do Leste, que está na sua direita.

Depois de algum tempo, a moça voltou, mas ainda não tinha tomado a decisão. De repente, ela tocou em seu braço esquerdo. Queria então se casar com o moço do Oeste. Porém, em seguida, tocou também em seu braço direito.

– O quê? Você pretende se casar com os dois? – perguntou o pai, surpreso.

– Não – ela respondeu, falando pela primeira vez, com uma voz sussurrante. – Eu quero comer na casa do moço do Leste e dormir na casa do moço do Oeste.

Seus pais disseram:

– Não é possível ter sempre tudo o que se quer. Às vezes é preciso fazer opções!

A moça pediu mais algum tempo para pensar.

东
食
西
宿

Esperando um coelho

Han Feizi

No reino de Song* existia um camponês que tinha uma árvore dentro de sua propriedade.

Ele não gostava de arar a terra e mantinha a esperança de que caísse do céu alguma coisa boa. Um dia, enquanto estava lavrando, viu que um coelho vinha correndo afoito e, não conseguindo parar, bateu no tronco da árvore, quebrou o pescoço e morreu.

O camponês ficou feliz da vida, pois não precisou fazer nenhum esforço para conseguir um coelho para comer. Decidiu então não trabalhar mais, ficando embaixo da árvore à espera que outro coelho fizesse a mesma coisa.

Passaram-se muitos dias e nada de um coelho afoito correr na direção da árvore. As pessoas começaram a rir dele, dizendo que era um folgado, nessa espera por um coelho.

Uma boa oportunidade deve ser aproveitada, mas não fique de braços cruzados esperando pela sorte.

---

* Song: um dos feudos que compunham a dinastia Zhou (1100-221 a.C.). Seu território compreendia as atuais províncias de Henan, Shandong, Anhui e Zhejiang.

O PÁSSARO DE NOVE CABEÇAS

Liu Ji

No monte Nieyao* existia um pássaro de nove cabeças. Quando uma cabeça queria comer, as oito restantes disputavam com ela a comida. Elas lutavam, bicando-se mutuamente e ensopando de sangue as penas. No fim, as nove cabeças estavam machucadas e o pássaro não havia conseguido comer nada.

Um pássaro marinho, assistindo à cena, começou a rir.

– Não percebem que a comida que entra pelas nove bocas enche a mesma barriga? Não há razão para que nove cabeças vivam brigando umas com as outras!

* Monte Nieyao: nome de uma montanha fictícia criada pelo autor da fábula.

O HOMEM QUE VENDIA LANÇAS E ESCUDOS

Han Feizi

Na região de Chu viveu um homem que vendia lanças e escudos.

– Meus escudos são tão fortes – vangloriava-se ele – que nada consegue atravessá-los. E minhas lanças são tão afiadas que conseguem perfurar qualquer coisa.

Alguém que vinha passando quis saber:

– E o que acontece se suas lanças batem nos seus escudos?

O homem não soube responder.

O AMOR PELOS DRAGÕES

Shen Buhai

Zigao, o Senhor de Ye, gostava tanto de dragões que havia mandado esculpir e pintar vários deles na sua casa e nas louças e só vestia roupas que tinham dragões bordados.

O dragão do céu, sabendo disso, desceu à Terra, entrou com a cabeça pela porta da casa e enfiou a cauda na janela. Ao perceber o que estava acontecendo, o Senhor de Ye fugiu, morrendo de medo.

Isso mostra que o Senhor de Ye não gostava verdadeiramente de dragões. Ele gostava daquilo que parecia ser um dragão, mas não dos dragões de verdade.

O HOMEM QUE QUERIA COMPRAR SAPATOS

Han Feizi

Um homem do reino de Zheng* decidiu comprar um par de sapatos. Pegou a fita métrica, mediu seu pé direito e depois seu pé esquerdo. Ao sair, esqueceu a fita e as anotações sobre a cadeira. Mais tarde, quando encontrou os sapatos que queria, deu-se conta do esquecimento e suspirou desanimado:

– Puxa, eu me esqueci de trazer as medidas!

Voltou correndo para casa, a fim de buscá-las.

Ao retornar ao mercado, a feira tinha acabado e não havia mais nada aberto, e ele ficou muito triste porque não pôde comprar os sapatos.

– Por que não experimentou os sapatos? – alguém lhe perguntou.

Ele respondeu que acreditava mais na fita métrica do que nos seus pés.

---

* Reino de Zheng: um dos feudos da dinastia Zhou (1100-256 a.C.), localizado na atual província Henan, no norte da China.

A conclusão do príncipe de Wu

Liu Xiang

O príncipe de Wu* anunciou que iria invadir Chu e ameaçou matar quem fosse contra seu plano.

Uma tarde, andando por uma estrada, viu Wang Zhenmao contar uma história. Nessa história, havia uma cigarra, numa árvore, bebendo o orvalho da manhã, sem perceber que atrás dela um louva-deus aproximava-se para agarrá-la. O louva-deus, pronto para pegar a cigarra, ignorava que atrás dele acabava de pousar um pardal, querendo levá-lo de almoço para seus filhotes. O pardal, alongando o pescoço e abrindo o bico, não sabia que mais embaixo um menino mirava sua cabeça com um estilingue, a fim de matá-lo.

O príncipe de Wu pensou durante algum tempo e decidiu suspender o ataque programado contra Chu.

---

* Reino de Wu (222-280): um dos feudos do período chamado de Três Reinos. Localizava-se entre o sul da atual província de Jiangsu e o norte da província Zhejiang, no Sudeste da China.

O estojo e as pérolas

Han Feizi

Um joalheiro do reino de Chu decidiu vender pérolas no reino de Zheng. Ele fez um estojo especial para guardar as pérolas. Era um estojo muito bonito, de madeira perfumada e cravejado de pedras preciosas.

Um homem do reino de Zheng ficou encantado com o estojo. Comprou-o, mas devolveu as pérolas que estavam dentro dele.

Esse homem disse que o vendedor de pérolas do reino de Chu devia se especializar na venda de estojos, e não de pérolas.

Dois monges

Peng Duanshu

Na região de Shu* viviam dois monges, um rico e um pobre.

O monge pobre propôs ao monge rico uma peregrinação a Nanhai**. O monge rico achou a ideia interessante, mas queria saber o que deveriam levar. O monge pobre respondeu que seria necessário levar apenas uma garrafa para a água e uma tigela.

– O resto eu peço pelo caminho.

O monge rico respondeu:

– Faz anos que eu penso em realizar essa viagem. Já comprei até um barco. Mas até agora não consegui tomar todas as providências necessárias para essa longa peregrinação. Como é que você, com apenas uma garrafa e uma tigela, vai conseguir?

Um ano depois, o monge pobre retornou de Nanhai e foi visitar o monge rico.

O monge rico ficou envergonhado.

---

* O reino de Shu era um dos Três Reinos (220-280) e se localizava na atual província de Sichuan, no centro da China.

** Nanhai: designação da região das águas e das ilhas do rio Yangzi onde está situada a montanha sagrada budista Putuo, localizada na atual província de Zhejiang.

Amolando uma barra de ferro

Chen Renxi

Quando era pequeno, o grande poeta Li Bai* não gostava de estudar. Um dia encontrou uma senhora idosa na calçada, amolando uma barra de ferro. Ele ficou curioso e perguntou o que ela pretendia fazer.

– Pretendo amolar essa barra de ferro até que ela vire uma agulha bem fina, para que eu possa costurar um vestido – respondeu ela.

Após isso, Li Bai compreendeu o que ela estava querendo dizer e, mais tarde, tornou-se um grande poeta.

* Li Bai (701-762), considerado o maior dos poetas chineses da dinastia Tang. Desde muito pequeno chamava a atenção de todos pela sua inteligência e dedicação aos estudos. A partir dos 25 anos de idade, percorreu toda a China. Exerceu o cargo de mandarim por um ano, mas logo o abandonou, devido às disputas de vaidades na corte.

Marcando o barco para achar a espada

Lü Buwei

Há muito tempo, um homem pegou um barco para atravessar o rio. Como ventava muito e o barco balançava, o homem deixou cair no rio a sua espada.

Calmamente, ele marcou na borda do barco a posição onde a espada tinha caído.

Quando o barco parou no porto, o homem tirou a roupa e pulou dentro do rio. Todo mundo veio ver o que estava acontecendo. Quando ele emergiu, alguém perguntou:

– O que você está fazendo?

– Eu estou procurando a minha espada. Quando ela caiu, fiz uma marca no barco para indicar o lugar onde tinha de procurá-la.

Ele acabou de falar e mergulhou novamente.

Três bananas de manhã

Liezi

Certa vez um criador de animais disse aos seus macacos:

– Vocês agora vão receber três bananas de manhã e quatro de tarde.

Os macacos ficaram transtornados. Agarraram-se às grades. Guincharam. Alguns até mostraram os dentes.

O criador disse-lhes então:

– Certo, certo! Que tal então quatro bananas de manhã e três de tarde?

Ouvindo isso, os macacos ficaram muito contentes e se aquietaram.

Alguns deles comentaram que aquela, sim, tinha sido uma grande vitória.

Uma folha em três anos

Liezi

No Estado de Song um homem reproduziu em marfim uma folha de amoreira para dar de presente ao rei. Ele levou três anos nesse trabalho. O resultado foi uma folha maravilhosa, delicada nos traços, cores finas e brilhantes. Quando alguém a colocava junto com outra de verdade, ninguém conseguia distinguir uma da outra, de tão perfeita. Esse homem recebeu o pagamento do governador de Song por tamanha perfeição.

Ouvindo isso, Liezi disse:

– Se a Mãe Natureza precisar de três anos para fazer uma folha, tudo aquilo que tem folhas vai se tornar uma raridade. Por isso, o sábio deve se apoiar na sabedoria da natureza, e não na inteligência dos homens.

O sonho de Zhuangzi

Zhuangzi

Uma vez, ao pôr do sol, Zhuangzi cochilava debaixo de uma árvore quando sonhou que havia se transformado numa borboleta.

Ele bateu asas, certo de que era uma borboleta...

Esvoaçou aqui e ali com tal regozijo que logo se esqueceu de que era Zhuangzi. E ficou confuso: era essa a magnífica borboleta que Zhuangzi havia sonhado, ou era essa borboleta que havia sonhado ser Zhuangzi?

Talvez Zhuangzi fosse a borboleta! Ou talvez a borboleta fosse Zhuangzi!

É esse o resultado da transformação das coisas.

庄生梦蝶

O SONHO DO CAÇADOR

Liezi

Um lenhador de Zheng viu um veado no campo e o matou com um tiro. Com medo de ser pego, ele escondeu o veado sob folhas de bananeira. E foi embora contente.

Pouco depois ele se esqueceu do lugar onde tinha escondido o veado e pensou que o episódio tivesse sido um sonho. A caminho de casa, começou a conversar sozinho, falando alto sobre esse sonho. Quando falou mais uma vez, um carroceiro que vinha passando escutou suas palavras e imaginou onde o veado podia estar escondido. Logo encontrou o veado e o levou para casa.

Esse carroceiro falou para a sua mulher:

– O lenhador sonhou que tinha matado um veado e havia esquecido o lugar onde o tinha escondido. Eu então achei o veado. Neste caso, o sonho deve ser verdadeiro.

Sua mulher disse:

– Existia de fato um lenhador? Ou você sonhou com um lenhador? Embora você tenha agora o veado, isso não significa que o sonho seja verdadeiro.

O carroceiro respondeu:

– Eu tenho o veado. Não me interessa qual dos sonhos é verdadeiro, o dele ou o meu, o veado é verdadeiro.

Acontece que o lenhador tinha ido para casa muito triste por ter perdido o veado.

Naquela noite ele teve um sonho. No seu sonho apareceu o carroceiro que o tinha escutado enquanto ele falava sozinho e que, no fim, havia encontrado o veado.

Na manhã seguinte, seguindo seu sonho, ele achou esse homem e o veado. Levou então os dois ao juiz, esperando uma sentença favorável, que possibilitasse a ele recuperar o veado.

O juiz disse:

– Primeiro o lenhador matou o veado, mas pensou que fosse um sonho. Depois ele sonhou que tinha matado o veado e acreditou que isso fosse real. Ele encontrou o carroceiro que vinha passando e que pegou o veado real e, agora, acusa esse mesmo carroceiro, para recuperar seu veado. Como dizer que o carroceiro não pegou o veado do sonho de outro homem e sim do sonho do lenhador? Logo, o veado não é de ninguém. O veado está aqui e é real. Melhor então dividi-lo entre os dois.

O juiz achou o caso muito difícil e apelou ao rei Zheng. Este, sorrindo, fez a seguinte observação:

– Bom, pelo jeito vão dizer que o juiz sonhou com uma divisão do veado. Acho que esse caso deve ser levado ao conselheiro-mor.

O rei Zheng mandou o caso para o conselheiro-mor. Não demorou muito, veio a resposta:

– Não sei dizer se esse caso é sobre sonho ou realidade. E apenas sábios como Huangdi* ou Confúcio** podem diferenciar sonhos de realidade. Como os dois já morreram, recomendo que siga a sentença do juiz.

* Huangdi: lendário primeiro imperador chinês, que teria vivido antes de 2100 a.C.

** Confúcio (551-479 a.C.): filósofo e educador, fundou uma escola homônima que é a base da cultura chinesa. Defendia a benevolência, o amor filial, a lealdade e a justiça. Teve mais de três mil alunos. A sua obra está reunida em um volume intitulado "Analectos". Viveu no período da Primavera e do Outono.

O PINTOR DE FANTASMAS

Han Feizi

Um dia o príncipe de Qi chamou um dos pintores que estavam trabalhando para ele.

– O que é mais difícil de pintar?

– Cachorros e cavalos são os mais difíceis.

– E o que é mais fácil?

– Fantasmas e monstros – disse o artista. – Cachorros e cavalos nos são familiares. A toda hora vemos um, seja de dia, seja de noite. Porém, é difícil pintá-los do jeito que eles são. Já os fantasmas e monstros não têm uma forma definida, e ninguém nunca os viu. Por isso são mais fáceis de serem pintados.

A corça e o tigre

Liu Ji

Um tigre caçava uma corça, mas ela fugiu pulando e gritando na direção de um precipício. Ela pulou. O tigre também. Ambos morreram.

Yulizi* fez um comentário:

– A corça precisava pular, pois, tendo o precipício na frente e o tigre atrás, não havia outra saída. Se a corça voltasse, seria devorada. Se pulasse no precipício, haveria uma pequena chance de se salvar, o que, em último caso, seria melhor do que ser devorada pelo tigre. Já o tigre, poderia parar ou seguir adiante, dependendo de sua vontade.

– Então, por que ele escolheu pular e morrer junto com a corça?

– Se a corça não tivesse pulado, o tigre não teria morrido. Isso mostra a estupidez do tigre diante da habilidade da corça. Os que são despóticos e avarentos como os tigres bem que poderiam aprender essa lição.

---

* Yulizi é o pseudônimo do escritor Liu Ji (1311-1375). Em "Os autores", no fim deste livro, há uma nota sobre ele.

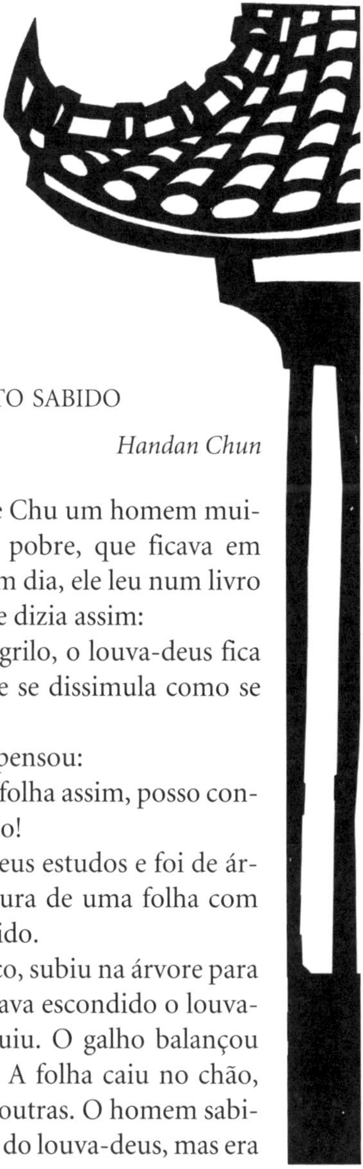

O HOMEM MUITO SABIDO

Handan Chun

Existia no reino de Chu um homem muito sabido, mas muito pobre, que ficava em casa sem fazer nada. Um dia, ele leu num livro de magia uma frase que dizia assim:

– Para capturar o grilo, o louva-deus fica ao lado de uma folha e se dissimula como se fosse também uma.

O homem sabido pensou:

– Se eu achar uma folha assim, posso conseguir tudo o que desejo!

Ele deixou então seus estudos e foi de árvore em árvore à procura de uma folha com um louva-deus escondido.

Teve sorte. Eufórico, subiu na árvore para colher a folha onde estava escondido o louva-deus. Mas não conseguiu. O galho balançou e o louva-deus sumiu. A folha caiu no chão, misturando-se com as outras. O homem sabido tentou achar a folha do louva-deus, mas era difícil encontrá-la entre tantas outras. Sem alternativa, ele juntou todas as folhas do chão, colocou-as numa sacola e levou-as para casa.

Em casa, retirou uma folha da sacola, tapou o seu olho direito e perguntou à sua mulher:

– Você está me vendo?

A mulher, estranhando, respondeu:

– Sim, claro que estou te vendo!

– Então não é essa folha.

Ele pegou outra e repetiu a pergunta:

– E agora, você me vê?

A mulher respondeu:

– Como é que eu não vou te ver, homem?

Assim, ele foi testando as folhas da sacola, uma por uma, durante o resto do dia. Em certo momento, sua mulher estava tão aborrecida que decidiu livrar-se das perguntas:

– Não estou te vendo mais!

O homem sabido ficou muito contente e, sem dar nenhuma explicação, foi para o mercado.

Ele viu então as coisas boas que desejava e começou a pegá-las, sempre segurando a folha na mão, achando que assim ninguém o via. Logo ele foi preso e levado ao palácio para ser julgado. Ao chegar diante do juiz, ele contou do início ao fim a sua história. O juiz ouviu-o, deu uma gargalhada e o libertou.

AJUDANDO AS PLANTAS A CRESCEREM

Mêncio

Um homem da região de Song achou que os brotos na sua plantação estavam crescendo muito devagar. Ele puxou um por um para cima e voltou exausto para casa.

– Estou hoje muito cansado – disse para a sua família –, estava até agora ajudando as plantas a crescerem.

Seu filho correu até a plantação para ver o que tinha acontecido e encontrou todas as plantas mortas.

O rei Dragão que virou peixe

Liu Xiang

O rei Dragão* tomou a forma de peixe para nadar nas águas de um rio. Um pescador que passava por ali atirou uma flecha e furou o olho do peixe. O rei Dragão subiu depressa ao céu para reclamar ao Deus dos Deuses.

O Deus dos Deuses perguntou:

– No momento em que o pescador lançou a flecha, ele te via na forma de um dragão ou na forma de um peixe?

– Nesse momento ele me via como um peixe – disse o rei Dragão.

O Deus dos Deuses respondeu:

– Se um pescador viu um peixe e o visou com uma flecha, por que você vem aqui reclamar?

---

* Dragão: animal fabuloso, representado normalmente por uma serpente coberta de escamas, geralmente com garras de leão e que expele fogo pela boca. Na história antiga, era associado com o imperador.

O macaco dourado que comia cérebro de tigre

Wang Shizhen

Havia no Sul da China um macaco esperto e bonzinho. Ele tinha o pelo dourado e vivia em cima das árvores. Um tigre muito feroz tinha feito amizade com esse macaquinho. Ao descansar debaixo da árvore, o macaquinho vinha coçar sua cabeça. O cafuné era tão gostoso que o tigre logo adormecia.

Com o tempo, o macaquinho abriu um buraco na cabeça do tigre. Mas o tigre não percebeu, porque o cafuné era muito gostoso. Então, pouco a pouco, o macaquinho começou a comer o cérebro do tigre. Nesses momentos, ele suspendia o cafuné para levar à boca os pedacinhos de cérebro.

O tigre resmungava:

– Ah, por que parou o cafuné?!

O macaquinho comia sem pressa o cérebro do tigre e voltava a fazer cafuné, deixando-o de cabeça vazia. O tigre, que não percebia o que estava acontecendo, ficava muito calmo. Um dia chegou a dizer:

– Estou me sentindo melhor. Hoje passei o dia de cabeça tão cheia!

Uma vez o macaquinho acordou o tigre para

lhe oferecer um pedaço do cérebro. O tigre não gostou. O macaquinho disse:

– Come! Estava passando no mercado e me deram essas iguarias deliciosas. Se comer, quem sabe um dia se torna o rei dos animais! Pensei logo no senhor, porque me disseram que esse tipo de comida tem poderes milagrosos.

O tigre comeu pedacinhos do próprio cérebro, mas achou-os um pouco sem gosto. Agradeceu assim mesmo a gentileza do macaquinho.

Finalmente, um dia o tigre começou a sentir uma terrível dor de cabeça. O macaquinho ainda tentou explicar ao tigre que essa dor vinha das incomodações dos outros animais da floresta, que o deixavam de cabeça cheia. O tigre gostou da explicação.

Uma semana mais tarde, o tigre percebeu o que estava realmente acontecendo. Era tarde, o macaquinho já tinha fugido para o alto de um coqueiro. O tigre urrou de dor durante três dias, pulando de um lado para o outro, até que bateu a cabeça numa pedra e morreu.

猱吃虎脑

TIGRE *VERSUS* TIGRE

Liu Xiang

Certa vez os guerreiros Guan Zhuangzi e Guan Yu vinham por um caminho quando encontraram dois tigres brigando por carne humana. Guan Zhuangzi foi logo pegando a espada para matá-los.

– Não faça isso – gritou Guan Yu.

Guan Zhuangzi quis saber o motivo:

– Está com medo?

– Os tigres gostam muito de carne humana – explicou Guan Yu –, e ficam ferozes se interrompidos quando comem. Veja bem, são dois tigres lutando pela comida. O mais fraco deles será morto. Além disso, o sobrevivente estará ferido por causa dessa luta. Basta esperar e matar apenas um. Todo mundo vai saber que você matou dois tigres, mas se fizer do jeito que falo, não será com muito esforço.

Guan Zhuangzi decidiu seguir esse conselho. Pouco depois, quando um dos tigres estava morto, ele matou o outro sem muito esforço.

O GATO VEGETARIANO

Youxizhuren

O gato achou que estava ficando velho demais para pegar rato. Colocou um colar de monge ao redor do pescoço e saiu para passear. Os ratos ficaram muito surpresos com a mudança, pois monges geralmente não comem carne.

– O gato agora é vegetariano – gritou um deles, correndo para anunciar a novidade.

Depois de uma longa reunião, os ratos decidiram ir em cortejo agradecer ao gato por uma decisão tão sábia. Um pequeno grupo decidiu não participar da cerimônia de agradecimento, dizendo que podia se tratar de um truque do gato.

O cortejo já era esperado pelo gato e tudo saía conforme ele havia planejado. Ele partiu então para o ataque, agarrando três ratos, dos grandes, e devorou-os ali mesmo, na frente dos outros, que fugiram apavorados.

Os ratos reuniram-se novamente para discutir a situação. Um deles disse:

– Eu bem que avisei que podia ser um truque!

Houve quem não apreciasse esse comentário. Um rato que ali estava de visita explicou:

– Esse fato apenas comprova que os gatos vegetarianos são mais ferozes do que os carnívoros!

Depois disso, suspenderam a reunião para observar melhor o comportamento do gato.

A FELICIDADE DOS PEIXES

Zhuangzi

Um dia Zhuangzi e Huizi[*] estavam atravessando uma ponte sobre um rio. Zhuangzi olhou para as águas e disse:

– Olhe como os peixes estão nadando felizes!

Huizi ficou surpreso:

– Como você sabe que eles estão felizes? Você não é um peixe!

Zhuangzi não deixou por menos:

– E você não é eu. Como sabe que eu não sei que os peixes estão felizes?

A situação pareceu complicar-se.

– Claro que eu não sou você – falou Huizi –, e eu não sei o que você pensa. Mas tenho certeza de que você não é um peixe. Assim, não sendo peixe, nunca poderá saber se o peixe está nadando feliz.

Zhuangzi esperou que Huizi acabasse de falar, permaneceu em silêncio por instantes e disse, como se encerrasse a conversa:

– Veja bem, quando você me perguntou como eu sabia que os peixes estavam felizes, já sabia que eu sabia que os peixes estavam felizes. E eu tinha certeza disso observando-os do alto da ponte.

* Huizi (300?-400? a.C.), da época dos Estados Combatentes, era conselheiro do rei Liang e célebre orador que gostava de polêmicas. Também era um homem com grandes conhecimentos de ciências naturais.

O uso das metáforas

Liu Jingshu

O rei Liang* havia proibido as parábolas, e Huizi era um sábio conhecido por usá-las quando queria explicar alguma coisa.

Um hóspede do rei comentou:

– Huizi é um sábio porque sabe explicar os fatos utilizando as parábolas de maneira apropriada. Se Vossa Majestade proibir o uso delas, Huizi não poderá mais falar.

O rei ficou pensativo e, no dia seguinte, em audiência com Huizi, disse-lhe:

– Daqui para frente, você, meu conselheiro, deverá falar direto, sem rodeios e meias palavras.

Huizi respondeu:

– Suponhamos que um homem não saiba o que seja uma catapulta e que ele me pergunte que forma ela tem. O que respondo para ele? Que a catapulta tem a forma de uma catapulta? Acha que ele vai entender?

– Claro que não – respondeu o rei.

– Mas suponhamos que alguém diga a esse mesmo homem que uma catapulta tem a forma de um arco,

* Liang: um dos feudos da dinastia Zhou (1100-221 a.C.), que mudou de nome para reino de Wei, um dos Três Reinos.

com uma corda feita de bambu, e que é uma máquina de guerra para atacar um alvo com grandes pedras. Nesse caso, acha que ele me entenderia?

– Sim, você estaria sendo claro.

Huizi concluiu:

– Parábola ou metáfora nada mais são do que explicar alguma coisa ou assunto difícil por meio de um exemplo que a outra pessoa conhece, facilitando o entendimento e a compreensão. Se eu não posso utilizá-las, como poderei explicar algum assunto ou coisa para Vossa Majestade?

O rei Liang pensou um pouco e depois concordou com Huizi.

惠子善譬

A coruja que queria mudar de casa

Liu Xiang

A coruja encontrou uma pombinha.

– Aonde vai? – perguntou a pombinha.

– Estou de mudança para bem longe – respondeu a coruja.

– E por quê? – quis saber a pombinha.

– Todo mundo aqui detesta o meu pio – respondeu a coruja. – Por isso estou indo embora.

– Se mudar de voz, tudo bem – disse a pombinha. – Mas se não mudar, mesmo indo para longe as pessoas continuarão a não gostar de você.

A RAPOSA E O TIGRE

Liu Xiang

Um tigre agarrou uma raposa na floresta e decidiu matá-la para comê-la no almoço. A raposa, muito esperta, disse ao tigre:

– Se eu fosse você, não me comeria. Sou uma enviada do Imperador do Céu para ser o rei dos animais. Ele vai ficar muito desgostoso ao saber que você me matou por causa de uma simples refeição.

O tigre exclamou:

– Ah, é?!

– Se duvida do que estou dizendo, vem atrás de mim, vamos passear na floresta. Vai notar que os animais ficarão aterrorizados ao me verem.

O tigre aceitou a proposta.

Os dois foram para a floresta, a raposa na frente, o tigre logo atrás. Em pânico, todos os animais fugiam. O tigre ficou espantado. Ele não percebeu que os animais fugiam dele, e não da raposa.

O PEIXE SOBRENATURAL

Liu Jingshu

Na beira de um caminho existia uma figueira frondosa. Toda vez que chovia, seu tronco enchia-se de água, pois estava oco. Um dia passou por ali o dono de uma peixaria. Ele sentou-se debaixo da árvore para descansar. Ao descobrir o oco no tronco da figueira, jogou dentro dele um peixe.

Algum tempo depois veio por esse mesmo caminho um viajante. Ele ficou maravilhado ao descobrir que aquela árvore era capaz de dar peixes.

– Deve ser um peixe santo – disse.

A notícia espalhou-se. Veio gente de todo lugar para ver o peixe sobrenatural. Rezavam e faziam oferendas ao peixe santo. O lugar ficou muito conhecido, inclusive com uma feira próspera, onde se vendia de tudo.

Acontece que passou por ali outra vez o dono da peixaria. Vendo as consequências de seu gesto, ele pescou o peixe e o comeu frito na frente de todo mundo.

Desde então, ninguém mais veio queimar incenso debaixo dessa figueira.

O PORCO DE CABEÇA BRANCA

Zhu Fu

Na região de Liaodong*, todos os porcos têm a cabeça preta. Um criador de suínos, no entanto, ficou surpreso ao ver nascer um porquinho de cabeça branca. Todo mundo admirou o porquinho tão diferente.

O criador de porcos ficou muito contente. Ele decidiu então apresentar o porquinho de cabeça branca para o imperador. Porém, ao chegar na região de Hedong**, onde estava o imperador, viu que todos os porcos daquela região tinham a cabeça branca.

* Liaodong: ao leste da atual província de Liaoning, no Nordeste chinês.

** Hedong: denominação antiga da região para onde corre o rio Amarelo, atual província de Shanxi, Norte da China. O rio Amarelo é o segundo maior rio da China, a sua nascente se localiza na província de Qinghai, Norte do país, e deságua no mar Bohai, ao leste.

O lago

Shao Bowen

Wang Anshi, primeiro-ministro na dinastia dos Song, tinha grande interesse no desenvolvimento do país. Um dia, um homem que procurava cair nas suas boas graças lhe fez a seguinte proposta:

– Secando uma parte do lago Liangshanbo*, por volta de 800 li**, o senhor terá uma grande quantidade de terras férteis.

Wang gostou dessa ideia. E quis saber:

– Mas para onde levaremos a água do lago?

* Lago Liangshanbo: localizado na cidade de Chongqing, no período das Cinco Dinastias (907-960), era um lago estratégico, já que na época a China enfrentou um longo período de estiagem.

** Li: antiga medida chinesa, equivalente a quinhentos metros.

O LOBO DE ZHONGSHAN

Ma Zhongxi

Zhao Jianzi, um funcionário muito importante do reino de Jin, organizou uma caçada na montanha. Ao ver um lobo, perseguiu-o, acertando-o nas costas com uma flecha. Mesmo ferido, o animal continuou a fugir. Estava por perto Mestre Dongguo, um velho letrado e moísta*, conhecido pelo seu bom coração. Ele tinha ido a Zhongshan em busca de emprego. Tinha saído bem cedo com seu burro, levando um saco cheio de livros. Ao vê-lo, o lobo, aterrorizado, deixou de correr e disse:

* Moísta: seguidor do filósofo chinês Mozi (468?-376? a.C.) do Período da Primavera e do Outono e um dos pilares da filosofia chinesa, ao lado do confucionismo e do taoismo. Essa doutrina defende o amor entre as pessoas e a paz, bem como a recusa das coisas materiais.

– Que bom vê-lo, Mestre! Sempre pronto para socorrer quem está precisando, não é mesmo? Tempos atrás, Mao Bao libertou uma tartaruga branca e depois foi ajudado por ela na hora de atravessar um rio. Mais tarde socorreu uma cobra e ela deu para ele uma pedra preciosa como forma de agradecimento. Tanto a tartaruga como a cobra não são tão delicadas quanto um lobo. Se me esconder dentro desse saco, estará me salvando a vida. E eu ficarei agradecido para sempre, assim como a tartaruga e a cobra.

Mestre Dongguo olhou para o lobo e disse:

– Se esconder um lobo fugitivo, estarei indo contra os que mandam no reino de Jin e atrairei a ira deles contra mim. Mas se você, lobo, conseguir escapar com a minha ajuda, certamente me retribuirá de alguma forma. Mas não é só isso. Mozi diz que o princípio mais importante na vida é o amor ao próximo. Só por isso vai receber uma ajuda, mesmo que signifique uma desgraça, porque não posso ir contra os meus princípios.

Mestre Dongguo tirou seus livros de dentro do saco e tentou por três vezes colocar dentro dele o lobo, com todo o cuidado, para não machucá-lo. O lobo, desesperado, disse:

– Rápido, mestre! O senhor tem que pensar logo numa solução!

Assim, o lobo encolheu-se e ficou arqueado como um porco-espinho, enrolado como uma cobra, a cabeça tão escondida como a de uma tartaruga. Mestre Dongguo seguiu então as recomendações do lobo e o colocou junto com os livros, amarrando a boca do saco bem firme e o colocando nas costas do burro.

Quando Zhao Jianzi chegou, não viu o lobo e ficou furioso. Cortou com a espada um dos eixos do carro e ameaçou:

– Quem ousar esconder o lobo terá o mesmo destino dessa roda!

Mestre Dongguo deitou-se no chão e disse:

– O seu humilde servo é muito estúpido, mas tem o desejo de realizar coisas muito importantes no mundo. Eu venho de longe e estou perdido. Como poderia saber para onde fugiu o lobo? Além do mais, lobo é um animal muito astuto. Como é que vou saber onde ele está? – Eu sou uma pessoa muito humilde. Já os lobos, são traiçoeiros e cruéis. Claro, farei todo o possível para avisá-lo se souber de alguma coisa. Mas fique sabendo: jamais eu esconderia um lobo de Vossa Excelência.

Zhao Jianzi escutou em silêncio, deu as costas e foi embora. Mestre Dongguo seguiu então na direção oposta, forcejando com o burro, porque a carga tinha ficado mais pesada.

Logo que o lobo achou que os caçadores tinham se distanciado, gritou de dentro do saco:

– Mestre, me ajude a sair de dentro do saco e tire essa flecha do meu lombo!

Pouco depois, livre, o lobo começou a gritar:

– Mestre, o senhor me salvou há pouco dos caçadores que me perseguiam e eu nem sei como agradecer. Agora, estou morrendo de fome. Já que o senhor é seguidor de Mozi e gosta de ajudar o próximo, por

que o senhor quer continuar vivendo, se sua vida pode salvar a minha?

– Como assim? Não entendi...

O lobo jogou-se então, de boca aberta e garras afiadas, sobre Mestre Dongguo. Ele, muito assustado, começou a se defender e a gritar que o lobo era muito ingrato, e os dois ficaram correndo em volta do burro.

O lobo respondeu:

– Eu não queria ser ingrato, mas pessoas como você são muito ingênuas e foram criadas para serem devoradas por nós!

O sol começou a se pôr e Mestre Dongguo pensou, nervoso:

– Está escurecendo muito depressa. Se vier a alcateia, aí é que morro de verdade.

Fez então uma proposta ao lobo:

– De acordo com o costume popular, quando a gente tem uma dúvida, deve perguntar para quem tem mais idade e experiência. Vamos então procurar três opiniões diferentes. Se acharem que eu tenho de ser devorado, você me devora. Mas se acharem que eu mereço continuar vivendo, sinto muito, não poderá me comer.

O lobo ficou feliz e seguiu com Dongguo pela estrada, à procura de quem fosse mais velho e mais experiente.

Depois de algum tempo, encontraram uma velha árvore na beira da estrada. O lobo, ávido, sugeriu que Dongguo explicasse a situação para ela. Mestre Dongguo respondeu ao lobo:

– As plantas são ignorantes. De que adianta perguntar?

O lobo disse:

– Pergunta, que ela vai responder.

Sem alternativa, Mestre Dongguo fez um gesto de reverência à velha árvore e contou o que tinha acontecido.

– Pelo que contei, acha que mereço ser comido por este lobo?

Algumas folhas, ainda verdes, começaram a farfalhar, e a árvore disse:

– Eu sou uma amendoeira. Anos atrás, quando o meu dono me plantou, só gastou uma semente. Depois de um ano, dei flores. Depois de dois anos, frutos. E depois de três, o meu tronco ficou bem grosso. E dez anos depois, dois homens não conseguiam me abraçar. Agora já se passaram vinte anos. Nesse tempo todo, meu dono e sua mulher comeram os meus frutos. Não só eles, mas também as visitas. Os criados vendiam o que sobrava no mercado. Eu fiz muito para o meu dono. Agora que envelheci, não frutifico mais. Meu dono fica bravo e me poda sem nenhum cuidado. Pensa até em me derrubar, pegar minha madeira e vender para um carpinteiro. Uma inútil como eu, quando chega na velhice, só pensa em não cair na desgraça de um machado.

"Que gratidão espera do lobo? Ilusão pensar em escapar da morte. O lobo deve te comer!"

Mal a velha amendoeira acabava de falar, o lobo veio lambendo os beiços, preparando-se para dar o bote. Mestre Dongguo advertiu-o:

– Olha, lobo, nada de quebrar promessa. Combinamos conseguir três opiniões diferentes e estamos na primeira. Nada de se apressar, achando que já tem a resposta!

O lobo ficou muito nervoso e, pouco depois, ao avistar uma velha vaca que tomava os últimos raios de sol, disse ao Mestre Dongguo:

– Essa vaca é bem velhinha. Ela pode ser a segunda da lista.

Mestre Dongguo respondeu sarcástico:

– Agorinha mesmo você me pediu que expusesse o problema para uma planta ignorante, que só me prejudicou. Agora, uma vaca? Ah, assim não dá! Vaca é apenas um animal doméstico e me nego a perguntar qualquer coisa para ela!

O lobo respondeu:

– Melhor perguntar, porque estou com muita fome.

Não tendo saída, Dongguo fez um sinal de reverência à vaca e contou do início ao fim o que tinha acontecido. No fim, perguntou se ele merecia ser comido pelo lobo.

A vaca franziu a testa, arregalou os olhos, deu uma lambida no nariz, abriu a boca e disse:

– A velha amendoeira tem razão! Quando eu era nova, os meus chifres eram do tamanho de um bicho-da-seda, mas muito fortes. Meu dono me trocou por uma faca, para que eu ajudasse os bois a lavrarem a terra. Depois os bois envelheceram, não conseguiam mais trabalhar e eu tinha de fazer todo o trabalho sozinha, arando terra a perder de vista.

"Meu dono saía pra caçar e quem é que puxava a carroça? Euzinha, aqui! Corria atrás dele, para não me perder.

"Quando ele mesmo queria arar, me tirava da canga, mas eu ia na frente, arrancando os espinhos. Eu era sua mão direita e sua mão esquerda. Eu contribuía para que não faltassem comida e roupa em casa. Eu levava e buscava as filhas e as noras nos casamentos. Era eu que pagava os impostos, transportava os grãos e enchia o celeiro.

"Antigamente, na casa do meu dono, não havia sacos de grãos sobrando. Agora, depois de pagar os impostos, ainda sobra uma porção.

"Antes, meu dono não tinha ninguém que cuidasse dele e vivia sem segurança nenhuma. Agora anda de peito aberto, balançando os braços pra lá e pra cá.

"Antes as garrafas de vinho do meu dono viviam empoeiradas. Seus lábios eram rachados, nunca tinham pousado numa taça. Agora ele mesmo faz o vinho, bebe-o em taças finas e se exibe, orgulhoso, na frente de sua mulher.

"Antigamente, ele vestia calças arregaçadas nas canelas e a sua camisa era um remendão só. Só conseguia ser amigo de pedras e de plantas. Não tinha onde colocar as mãos. Não sabia o que era saber. Agora, carrega em suas mãos livros, anda de chapéu e de cinto, todo elegante. Cada fio, cada grão, cada coisa em sua casa foram obtidos com o meu trabalho.

"O meu dono, vendo que eu já estou velha e cansada, me expulsou para esta parte solitária do descampado. Quando sopra o vento frio, meus olhos doem de tão secos. Estou sozinha e sem ninguém. Magra como um palito. Minhas lágrimas secaram. Não consigo mais controlar a saliva dentro de minha boca. Mal consigo ficar em pé. Estou perdendo pelos e ninguém passa remédio em minhas feridas.

"A mulher do meu dono é má e invejosa. Fica o dia inteiro falando pra todo mundo que eu sou um traste velho e inútil. Diz que se eu for levada para o matadouro, pelo menos podem conseguir carne seca para comer, couro para curtir, ossos e chifres para instrumentos. Vive dizendo ao seu filho: 'Você tem curso de magarefe, por que não amola essa faca e faz o serviço?'.

"A situação para mim está feia, como pode ver. Nem sei onde vou morrer. Prestei valiosos serviços ao meu dono mas, e daí? Meu dono é um ingrato, apesar de todo o meu esforço.

"Que gratidão esperar então de um lobo? Ilusão a sua, querer escapar da morte. Se quer saber minha opinião, o lobo deve te comer!"

O lobo abriu a boca para pegar Mestre Dongguo, mas parou no meio do caminho ao ouvir:

– Calma! Pra que essa pressa toda?

Nesse momento, viu um velhinho vindo pela estrada, apoiado na sua bengala. Mestre Dongguo correu na sua direção, ajoelhou-se diante dele e disse, chorando:

– Senhor, uma palavra de sua boca pode salvar minha vida!

O velhinho quis saber o que estava acontecendo.

– Este lobo estava sendo perseguido pelos caçadores e me pediu ajuda. Ajudei. Salvei a vida dele. Agora ele quer me devorar. Eu lhe suplico, diga alguma coisa a meu favor, que ele descubra o grande erro que está cometendo.

“Como quis ganhar tempo, combinei com ele pedir outras opiniões, mas de quem tivesse mais experiência e mais idade. Primeiro, encontramos uma velha amendoeira. O lobo disse que ela devia ser consultada. Como o senhor sabe, as plantas são estúpidas, e a opinião dela quase me leva à morte.

“Depois, encontramos uma velha vaca. Os animais também são estúpidos, como o senhor sabe, e ela também achou que eu devia ser comido pelo lobo. Foi então que avistamos o senhor vindo pelo caminho. Pode, por gentileza, dizer algumas palavras justas a meu favor?!”

Ao dizer essas palavras, Mestre Dongguo bateu várias vezes a cabeça no chão, em sinal de reverência.

O velhinho, ouvindo o relato de Dongguo, deu um grande suspiro e bateu com a bengala no chão. Ele disse ao lobo:

– Você errou, lobo! Em vez de agradecer, comete essa ingratidão! E que ingratidão! Recebe ajuda e nem agradece? Devia agradecer, como diz Confúcio, agradecer quando recebe uma ajuda, dentro e fora de casa. Até tigre e lobo têm de retribuir o que receberam. Alguma vez já agradeceu ao seus pais, lobo?!

O lobo disse:

– É que o senhor não está entendendo. Melhor eu contar: há pouco, quando eu pedi ajuda para esse Mestre Dongguo, ele me amarrou as patas e me jogou para dentro do saco, empilhando livros em cima de mim. Esmagado debaixo dos livros, eu nem podia respirar. Em seguida, quando o caçador chegou, eles ficaram conversando durante muito tempo. Mestre Dongguo queria que eu morresse sem ar dentro do saco, pois assim poderia vender minha pele por um bom dinheiro. Um tipo de gente como essa não merece ser devorada?

– Eu não acredito em nada do que está falando – disse o velho. – Entre de novo no saco, pois quero saber, por mim mesmo, se você estava muito apertado junto com os livros.

O lobo aceitou alegremente e entrou de novo para dentro do saco.

– Você tem uma faca? – perguntou o velho, bem baixinho, na orelha do Mestre.

– Sim – ele respondeu, passando-lhe a faca.

Imediatamente o velho fez sinal que o Mestre enfiasse a faca no saco. Mestre Dongguo gritou:

– Se eu fizer isso, vou machucar o lobo!

O velho começou a rir:

– Você hesita em matar um animal feroz que lhe foi tão ingrato? Você é muito bom, Mestre, mas você é também muito bobo.

Em seguida, ele ajudou Mestre Dongguo a passar a faca na garganta do lobo e seguiram caminho, deixando o cadáver na estrada.

A força e a sabedoria

Liu Ji

Yulizi diz que a força do tigre é, sem dúvida alguma, superior à do homem. O tigre possui garras e dentes afiados e fortes, e o homem não. Logo, é natural que o homem seja devorado pelo tigre. Contudo, é raro se ter notícia de homem devorado por tigre, mas é frequente encontrar tapete de tigre nas casas.

O que acontece?

O tigre usa a força, enquanto o homem usa a inteligência. O tigre possui apenas garras e dentes afiados, enquanto o homem maneja armas. A força é equivalente a um, mas a inteligência é equivalente a cem. O tigre atua sozinho, enquanto o homem atua em grupo. Um tigre sempre perderá, caso lute contra cem homens, mesmo sendo feroz. Um homem só será alimento de tigre se for impedido de usar a sua inteligência ou de usar as suas armas.

Por isso é que se diz que um homem que usa apenas a sua força e não a sua inteligência, ou atua sozinho e não em grupo, é considerado um tigre. Então, por que não usar as peles dessas pessoas nas casas, como tapetes?

Uma questão de vida ou de morte

Liu Xiang

Certa vez um caçador preparou uma armadilha para pegar um tigre no alto de uma montanha. Essa armadilha era de aço. Bastava o tigre tocá-la com a pata para que ela se fechasse, prendendo-o até a chegada do caçador.

Pouco depois veio o tigre pela trilha. Ele estava com fome e cansado. E então, pisando nas folhas secas, ouviu um clique de metal, seguido de uma dor muito forte na pata direita. Sua reação foi a de um animal que compreende que está correndo um grande perigo.

Ele urrou de dor e pouco depois se calou, concluindo que os urros não iriam deixar livre sua pata. Assim mesmo tentou de tudo para se ver livre da armadilha. No fim, começou a pular, desesperado, até que sua pata se partiu, ficando na armadilha, e ele se viu livre do caçador, que já se aproximava.

A DIREÇÃO ERRADA

Liu Xiang

O rei de Wei* preparava um ataque à Handan**. Ji Lian sabendo disso, sem trocar de roupa e sem mesmo pentear os cabelos, foi à procura do rei para uma audiência. Chegando ao palácio, disse ao rei:

– Alteza, hoje, quando vinha para a sua audiência, vi um homem indo para o norte. Eu quis saber para onde ele ia. Ele respondeu que ia para o reino de Chu***. Eu achei estranho e indaguei: "Se deseja ir para o reino de Chu, por que segue para o norte?". Ele me respondeu: "Porque tenho bons cavalos". Ponderei: "Mesmo com bons cavalos, esse não é o caminho que leva ao reino de Chu". E o homem respondeu: "Eu tenho muitos cavalos". Eu retruquei: "Mesmo tendo muitos cavalos, esse não é o caminho que leva ao reino de Chu". O homem respondeu: "Eu tenho bastante ouro para as despesas da viagem". Eu repliquei: "Mesmo com muito dinheiro, esse não é o caminho que leva ao reino de Chu". O homem respondeu: "Eu tenho ótimos cavaleiros, capazes de conduzir os cavalos até o reino de Chu". Eu falei: "Por mais que você tenha muitos e bons cavalos, com ótimos cavaleiros, jamais chegará ao reino de Chu seguindo na direção errada". Agora as ações do rei estão

* Wei: um dos reinos Combatentes (475-221 a.C.), localizado ao nordeste da atual província Shanxi, no Norte da China.

** Handan: nome de uma antiga cidade chinesa, localizada ao sul da província Hebei, Norte da China. Na época dos Estados Combatentes era a capital do reino de Zhao.

*** Chu: um dos reinos dos Estados Combatentes. Sua capital existia na atual província de Hubei, no Centro-Norte da China. Era um dos maiores reinos do período, chegando a ocupar as atuais províncias de Henan, Anhui, Jiangsu, Zhejiang, Jiangxi e Sichuan. Foi totalmente destruída pelo rei de Qin em 223 a.C.

todas concentradas no domínio e na conquista. Mas se Vossa Alteza ficar dependendo apenas da grande extensão do seu reino e da força de suas tropas para atacar Handan, com a finalidade de ampliar as fronteiras e ser mais famoso, vai conseguir um resultado oposto ao desejado e se afastará cada vez mais de seus objetivos. É como ir ao reino de Chu pela direção errada.

Os autores

Chen Renxi (1581-1636) foi compilador histórico da antiga Academia Imperial Chinesa. A sua fábula "Amolando uma barra de ferro" foi escolhida para fazer parte da presente antologia.

Han Feizi (280?-233? a.C.) era um grande pensador, político e legislador do período dos Estados Combatentes. Nasceu em uma família nobre do reino Han, localizado entre o leste da atual província de Shanxi e o noroeste da província de Henan. Defendia uma forte reforma do Estado. Seus inimigos atribuíram-lhe crimes que ele não havia cometido. Foi incriminado, preso e se matou na prisão.
A sua obra foi reunida num livro chamado *Hanfeizi*, em que utiliza fábulas e parábolas para defender a sua doutrina jurídica. As suas fábulas e parábolas têm um fundo histórico, com uma linguagem objetiva, argumentos fortes e sem poupar ninguém.
No presente volume foram selecionadas as fábulas "Esperando um coelho", "O homem que vendia lanças e escudos", "O estojo e as pérolas" e "O homem que queria comprar sapatos".

Handan Chun (132-?) era um literato talentoso do reino Wei, do período dos Três Reinos.Tornou-se famoso por ser o primeiro escritor de comédia em prosa na China, deixando várias publicações. A sua linguagem era sarcástica em relação à realidade da época, e ele registrou as ações de pessoas comuns querendo tirar vantagens fáceis.

A parábola selecionada no presente volume, intitulada "O homem muito sabido", acontece no período dos Estados Combatentes (220 a.C.). É uma sátira social, revelando mais uma época em que a China se encontra esfacelada, dividida entre três reinos (Wei, Shu, Wu- 220-280), e novamente marcada pela instabilidade social e política. O personagem da história retrata a situação do povo desse período, sem muitas perspectivas, que muitas vezes vai buscar em livros de magia uma forma de riqueza fácil e milagrosa.

Liezi (séc. III a.C.): o seu nome era Lie Yukou. O sufixo zi em chinês indica sinal de deferência aos sábios. Ele viveu no período dos Estados Combatentes e viveu no reino de Zheng. Fazia parte da corrente filosófica taoista. A sua doutrina valorizava a simplicidade e a exploração autossustentável do meio ambiente. O período de autoria de seus livros até hoje suscita discussão. Ele participa da seleção com "O velho louco que removeu as montanhas", "Uma folha em três anos", "Três bananas de manhã" e "O sonho do caçador".

Liu Ji (1311-1375) era mandarim na dinastia Yuan (1271-1368) e teve de abandonar o cargo por ter dado apoio ao general Zhu Yuanzhang, que se tornou o imperador fundador da dinastia Ming (1368-1644). Exerceu o cargo de ministro da Astronomia e recebeu o título de Conde da Sinceridade. Quatro anos mais tarde, caiu em uma armadilha armada por outros mandarins e morreu de desgosto. Deixou o livro *Conde da Sinceridade*, e no pseudônimo do autor "Yulizi" reúne as fábulas que exerceram grande influência nas gerações posteriores. Participa desta seleção com "A força e a sabedoria", "A corça e o tigre" e "O pássaro de nove cabeças".

Liu Jingshu (390-470) exerceu o cargo de mandarim na corte imperial, mas afastou-se da vida pública por motivo de saúde. As suas narrativas geralmente envolvem o sobrenatural. Participa desta seleção com "O peixe sobrenatural" e "O uso das metáforas".

Liu Xiang (77-6 a.C.) era descendente de nobres. Foi preso duas vezes, por críticas políticas. Exerceu o cargo de mandarim sênior, responsável pela reorganização da Biblioteca Imperial, realizando a primeira catalogação e compilação de livros da China, após a queima de livros feita pelo imperador Qin (221-206 a.C.). Foi um grande divulgador da doutrina confucionista e escreveu vários livros, entre eles *Estratégias de guerra* e *Ditos sutis*. Nesta seleção participa com "O rei Dragão que virou peixe", "A conclusão do príncipe de Wu", "A coruja que queria mudar de casa", "A raposa e o tigre", "Uma questão de vida ou de morte", "Tigre versus tigre" e "A direção errada". *Estratégias de guerra* é o livro mais conhecido de Liu Xiang. Nesse livro, ele registra em prosa os fatos históricos e acontecimentos ocorridos de 475 a.C. a 221 a.C., tendo como base as estratégias e opiniões expressas por conselheiros da época. Acredita-se que tais estratégias e opiniões tenham sido reunidas num volume de 33 capítulos entre o final do período dos Estados Combatentes até as dinastias Qin e Han (221 a.C. a 220 d.C.). A obra ficou perdida durante um longo tempo, sendo recuperada na dinastia Song (960 d.C. a 127 d.C.), numa versão que chegou até os dias atuais. As fábulas e as parábolas têm uma linguagem objetiva e realista, na intenção de obter resultados imediatos.

Lü Buwei (?-235 a.C.) foi primeiro-ministro do reino de Qin, no final do período dos Estados Combatentes, reuniu e editou os escritos da época na obra intitulada

Primavera e Outono da família Lü, em 26 volumes, com mais de 160 capítulos e 220 mil caracteres chineses, contendo mais de trezentas fábulas. Participa desta seleção com "Marcando o barco para achar a espada".

Ma Zhongxi (1446-1512) exercia o cargo de censor na corte imperial. Chegou a ser preso por desavenças com um eunuco. Mais tarde, defendeu uma rebelião camponesa e não teve a mesma sorte de antes, vindo a morrer na prisão. Participa aqui com "O lobo de Zhongshan".

Mêncio ou Mengzi (372?-289 a.C.) é considerado o maior sucessor de Confúcio. Mêncio sentiu-se na obrigação de oferecer seus conhecimentos para contribuir para o bem da sociedade, procurando um príncipe de grande valor que tivesse capacidade de restabelecer a paz e restaurar valores antigos no império. Assim, andou por diversos reinos ou feudos, visitou reis e duques, tudo isso na esperança de encontrar um soberano que fosse capaz de aceitar e realizar suas ideias de um Bom Governo.
O tempo em que viveu, no entanto, era uma época muito turbulenta. Ninguém o apoiou porque todos os estados estavam ocupados demais em conquistar uns aos outros ou em defender-se de cobiças. Todos os príncipes queriam dominar o Império Chinês. Nesse caso, a tese do Bom Governo – do Governo Benevolente – defendida por Mêncio não tinha lugar naquela época.
Não encontrando quem o escutasse, Mêncio recolheu-se e dedicou-se a escrever o livro denominado *Mêncio*, uma obra composta por diálogos entre ele próprio e os reis e duques que havia visitado. Assim, os diálogos têm como tema central o Bom Governo e tratam das grandes conquistas atingidas por meio das virtudes.

A fábula escolhida para este livro é "Ajudando as plantas a crescerem".

Peng Duanshu (1699-1779) foi mandarim com o cargo de historiador e depois prefeito. Mais tarde retirou-se da vida pública para estudar chinês antigo, tornando-se um erudito muito considerado. Os seus escritos foram reunidos no livro intitulado *Baihetang*. Participa da presente seleção com "Dois monges".

Shao Bowen (1037-1134) era um eminente professor da linha confuciana e exerceu cargo no nível de condado. A sua fábula "O lago" integra a presente antologia.

Shen Buhai (385?-337? a.C.) era um jurista do reino de Zheng, no período dos Estados Combatentes, antes da era atual (475-221). Exerceu o cargo de primeiro-ministro do reino de Han durante quinze anos. A sua fábula "O amor pelos dragões", neste volume, é considerada uma das obras-primas das fábulas chinesas.

Wang Shizhen (1526-1590) era mandarim. Exerceu cargos executivos e foi titular do ministério da Punição. Deixou várias obras. A sua fábula "O macaco amarelo que comia cérebro de tigre" integra a presente seleção.

Ying Shao (séc. III) foi um mandarim conhecido por sua lealdade e probidade. Na presente antologia, participa com "A moça que queria comer no Leste e dormir no Oeste".

Youxizhuren é o pseudônimo do autor de nome desconhecido do famoso livro de anedotas *Xiaolin Guangji*, que constitui uma séria crítica social aos anos de chumbo do reinado do imperador Qianlong da Dinastia

Qing, que governou de 1735 a 1796. Nesta antologia, participa com "O gato vegetariano".

Zhu Fu (Dinastia Han) foi vice-general e governador. Mais tarde, acusado de traição, foi condenado à morte e executado pelo imperador. Participa com "O porco de cabeça branca".

Zhuangzi (369-286 a.C.) era do reino de Song, um dos feudos do período dos Estados Combatentes chinês. Ele foi o sucessor de Laozi, fundador da escola Taoista, e é um dos responsáveis pelo seu desenvolvimento. De família humilde, viveu no início como sapateiro. Ocupou também o cargo de historiador copista. Certa vez o rei de Chu convidou-o para ser seu primeiro-ministro. Ele recusou o cargo. O seu livro *Zhuangzi* é um dos marcos fundamentais do taoismo. Seus textos são recheados de fábulas e parábolas para facilitar a propagação da doutrina. O estilo de contar fábulas de Zhuangzi tornou-se um marco no desenvolvimento desse tipo de narrativa, influenciando as gerações posteriores. Nesta seleção participa com as fábulas "A felicidade dos peixes" e "O sonho de Zhuangzi".

REFERÊNCIAS BIBLIOGRÁFICAS

CHOU, Chunling (org). *Gudai Zhongguo Yuyan Daxi* (I). Shanxi: Shanxi Jiaoyu, 1994.

CHOU, Chunling (org). *Gudai Zhongguo Yuyan Daxi* (II). Shanxi: Shanxi Jiaoyu, 1994.

CHOU, Chunling (org). *Gudai Zhongguo Yuyan Daxi* (III). Shanxi: Shanxi Jiaoyu, 1994.

LIEZI et alii. *Zhongguo Yuyan/Ancient Chinese Fables.* Trad. Yang Xianyi, Gladys Yang et alii. Beijing: Foreign Languages Press, 2001.

LIEZI et alii. *Zhonguo Yuyan/ Fables de la Chine antique.* Beijing, Editions en Langues Étrangères, 2003.

ZHONGGUO GUDAI YUYAN XUAN. Beijing: Renmin Wenxue, 1981.

ZHONGGUO GUDAI YUYAN XUAN. Trad. Yang, Xianyi, Dai Naixian. Beijing: Foreign Languages Press, 2001.

ZHONGGUO GUDAI YUYAN YIBAI PIAN. Trad. Qiaochejieling. Beijing: Zhongguo Duiwai Fanyi, 1985.

ZONG, Shi (org). *Selected satire from old Cathay.* Beijing: Foreign Language Teaching and Research Press, 1999.

COLEÇÃO 64 PÁGINAS

120 tirinhas da Turma da Mônica – Mauricio de Sousa
Antologia poética – Fernando Pessoa
A aventura de um cliente ilustre seguido de *O último adeus de Sherlock Holmes* – Sir Arthur Conan Doyle
Cenas de Nova York e outras viagens – Jack Kerouac
A corista e outras histórias – Anton Tchékhov
O corno de si mesmo & outras historietas – Marquês de Sade
Da felicidade seguido de *Da vida retirada* – Sêneca
O diabo – Leon Tolstói
Fábulas chinesas – Sérgio Capparelli e Márcia Schmaltz
A fugitiva – Anaïs Nin
O gato do Brasil e outras histórias de terror e suspense – Sir Arthur Conan Doyle
As grandes histórias da mitologia greco-romana – A. S. Franchini
O horror em Red Hook e outras histórias – H. P. Lovecraft
Missa do Galo e outros contos – Machado de Assis
O mistério de Marie Rogêt – Edgar Allan Poe
A mulher mais linda da cidade – Charles Bukowski
Noite em claro – Martha Medeiros
A obra-prima ignorada seguido de *Um episódio durante o Terror* – Balzac
O retrato – Nicolai Gogol

LIVRO-CLIPPING

JIM MORRISON

por ele mesmo

MARTIN CLARET

Créditos

Alberto Marsicano - Pesquisador e organizador deste livro, é bacharel em Filosofia pela Universidade de São Paulo, autor dos livros *Idiomalabarismos* e *Sendas Solares* e tradutor dos livros *Escritos*, de William Blake, e *Haikai*. Músico, toca a cítara indiana (sitar), sendo discípulo de Ravi Shankar e K. Chakravarty da Universidade de Benares, Índia.

IDEALIZAÇÃO E CORDENAÇÃO
Martin Claret

MIOLO

Revisão
Denísia Moraes

Projeto Gráfico
José Duarte. T de Castro

Direção de Arte
José Duarte T. de Castro

Digitação
Graziella Gatti Leonardo

Editoração Eletrônica
Editora Martin Claret

Fotolitos da Capa
OESP

Papel
Off-Set, 70g/m²

Impressão e Acabamento
Alternativaa Digital

EDITORA MARTIN CLARET LLTDA.
Rua Alegrete, 62 - Bairro Sumaré - CEP: 01254-010
São Paulo - SP - Tel.: (11) 3672-8144 - Fax: (11) 3673-7146

Agradecemos a todos os nossos amigos e colaboradores — pessoas físicas e jurídicas — que deram as condições para que fosse possível a publicação deste livro.

www.matinclaret.com.br

Este livro foi composto e impresso no outono de 2005.

JIM MORRISON

Índice

Morrison em um ensaio fotográfico de Joel Brodsky.

PREFÁCIO
do Editor

O propósito da coleção *O Autor por Ele mesmo*

Martin Claret

Estudos da História moderna têm revelado que somos uma civilização construída sobre os fundamentos da escrita. O Homem, no seu aspecto histórico-cultural, tem sido, grandemente, um produto do livro.

Um recente relatório da UNESCO, sobre o hábito da leitura no mundo, conclui que nenhum outro processo de comunicação — inclusive o eletrônico — é instrumento mais adequado de treino mental e fortalecimento do poder da imaginação do que o contato humano com o material impresso de boa qualidade: o livro.

Educadores e cientistas sociais têm constatado que, ao lado da informação de massa, vem se desenvolvendo a "moderna sociedade instruída" — uma sociedade que não só garante a todos uma instrução básica, mas também se preocupa com o ensino dos adultos.

No mundo de hoje e no de amanhã, jamais deixaremos de ser alunos. O educador moderno está aperfeiçoando esse ideal de educação permanente, em jovens e adultos. Neste contexto educacional, o livro é o instrumento fundamental.

Aqui, ousamos "futurar", com o mestre Antônio Houaiss, fazendo nossas as palavras que ele escreveu em seu magnífico prefácio para A Construção do Livro, *de autoria de Emanuel Araújo: "(...) o livro, materialmente, na sua feição mais requintada ou mais generalizada presentes — folhas de papel impresso, alçadas, coligadas e vestidas numa unidade normalmente portátil (mesmo que a duas mãos) —, esse livro pode desaparecer: mas não desaparecerão, com sua fisicidade, as suas mensagens e seus códigos (...) O computador que equivaler à soma de todos os livros será um servo daqueles dialetos — da linguagem oral, que é sobretudo resultado dialético da linguagem escrita (...)*

O 'Livro' poderá, assim, para certos fins, apresentar-se sob outra técnica física. Mas, enquanto perdurar o rigor da leitura a sós, o enlevo da leitura, a emoção do manuseio sensual das páginas, enquanto isso perdurar, teremos os livros-livros, esses que estão aí tão incorporados à nossa maneira de sermos humanos (tanto assim que, onde ele não é isso, aí impera o atraso, a sotoposição, a exploração)".

Também Jorge Luis Borges, o extraordinário escritor argentino — ele amava infinitamente os livros —, conceituou, com incrível lucidez e alcance universal, a importância do livro. Eis o seu pensamento: "Dos muitos instrumentos inventados pelo homem, nenhum pode comparar-se nem de longe ao livro, porque os outros instrumentos são extensões, são mecanismo desse outro mecanismo que é o nosso corpo... Em troca, o livro é uma extensão da memória e da imaginação".

Sim, o livro — esse fundador de civilizações — continuará a influenciar, com dinâmico impacto, o infinito universo de nossas possibilidades.

Nós, que existimos e nos movemos no mundo dos livros; nós, que criadoramente amamos o livro em todas as suas formas e tecnologias, acreditamos substantivamente na função do livro.

A criação e a publicação desta coleção O Autor por Ele Mesmo *são o resultado final de uma pesquisa de campo, em que se detectou um perfil de leitor: o jovem com um projeto de vida, desejoso de saber mais e consciente da necessidade de atualizar o seu potencial. Vem para atender a uma necessidade cultural e de mercado.*

A coleção O Autor por Ele Mesmo *não é uma simples série de fascículos, de seqüência obrigatória. É uma biblioteca permanente de livros independentes. Dinamicamente ilustrado, foi diagramado para oferecer uma leitura fácil e agradável.*

É um moderno e informativo estudo, destinado principalmente à juventude.

Os doze primeiros personagens foram selecionados pela nossa coordenação editorial, mas a coleção é uma proposta aberta e aceita permanentemente sugestões editoriais e de títulos. O limite quantitativo da coleção será determinado pelos próprios leitores.

*Nosso projeto editorial é oferecer o livro ciberneticamente construído — o livro-*clipping *—, cujas características sejam: custo barato, "livro para ler"; encontrável em qualquer parte e elaborado de forma a atender à nossa realidade cultural e socioeconômica. Nosso modelo para inovar foi copiar o processo criador da própria Natureza — "fazer o novo a partir do velho".*

Acreditamos lobatianamente ("um país se faz com homens e livros") que a leitura de textos fundamentais dos grandes personagens da Humanidade é benéfica, instrutiva e motivadora em si, com força capaz de complementar convenientemente a formação da mentalidade das gerações presentes e futuras, despertando potencialidades e vocações.

Participe positivamente.

Você nunca é o mesmo depois de ler um livro.

Livro muda as pessoas.
Livro muda o mundo.
Leia mais para ser mais!

A trajetória da vida de Jim Morrison é cultuada, até hoje, por milhares de adolescentes em todo o mundo.

JIM MORRISON
Um estudo

As portas do delírio

Alberto Marsicano

"As luzes foram se apagando. Subimos a escada íngreme que dava no fundo do palco e tomamos nossas posições.

Estendi ao máximo a pele da caixa de minha bateria, pois os fortes impactos sempre desapertavam a garra. Olhei em volta e vi Robbie agachado, tentando desemaranhar os cabos de sua guitarra.

Jim nos checava o tempo todo com olhares furtivos, empunhando o microfone. Ray recurvava-se soturno sobre o teclado e olhou-me de relance no momento em que:

'Senhoras e senhores: aqui lhes fala Humble Marv da KHJ — a Rádio Boss — aqui estamos nós... The Doors!'

As mãos de Ray precipitaram-se furiosamente sobre as teclas de seu órgão VOX e os primeiros acordes de *When The Music's Over* penetraram-me profundamente e pareciam estar levando o público à estupefação.

Num pequeno intervalo de silêncio, comecei a repicar fortemente a caixa, o bumbo e o chimbau: SNAP-BA, BUM

RAP BAP — HSSST BUM... BRAP! A cada batida minha, a tensão na sala aumentava.

De repente, parei. Esperei e esperei.

Este momento era totalmente meu. Permaneci em silêncio, até que a tensão atingisse seu ponto culminante. Por fim, soltei o xamã que existe em mim: TAT-TAT-TAT-TAT-TAT-TAT-TAT-TAT-TAT-TAT-TAT-TAT-TAT-TAT-TAT-TAT-TAT-TAT-TAT-TAT CRASH!

Como um animal acometido por dor lancinante, Jim vociferou seu grito, no momento em que a guitarra de Robbie emitia uma nota sinuosa, grave e angustiada.

Jim então gritou:

Eeeeeeeeeeeeaaaaaaahhhhhhhh,
When the music's over
When the music's over Yeaaaaah
When the music's over
Turn out the lights

Um silêncio profundo abateu-se sobre a platéia. Rodopiei as baquetas sobre minha cabeça e golpeei os tambores, enquanto Robbie rugia seu solo de guitarra, que mais parecia uma cobra sendo sufocada.

EEEEEEEEAAAAAAAAHHHHHH! Outro grito. Numa linguagem ininteligível e obscena, Jim manifestava seu desprezo pelo público.

O grito rebelde incendiou-nos. Explodiam os *riffs* da guitarra de Robbie. Ray entrou no transe hipnótico de Robbie, enquanto eu empurrava o solista, sempre tangenciando o abismo.

A acústica daquela sala lotada não ajudava muito, mas a multidão parecia nos estar venerando. Seria nossa jogada com o perigo que os estaria levando àquele delírio coletivo? Ou talvez pudesse ser a altura demasiada do palco?

Qualquer que fosse a razão, enquanto Jim provocava a platéia, percebi que finalmente tínhamos saído do amadorismo e fazíamos agora grandes concertos.

Terminamos o primeiro número e recebemos um aplauso razoável. A platéia nos observava atentamente, especialmente a Jim. Eu sabia que havíamos causado boa impressão, estava estampado em sua face.

Robbie começou a tocar *Back Door Man* na sua pesada e contundente guitarra solo. Entrei com os bumbos. Era óbvio que Jim adorava cantar os *blues*. Aqueles *blues* autênticos, interioranos, consistiam na forma mais dramática com a qual sabia lidar com sua dor. Eram a válvula de escape mais eficiente para sua ira acumulada.

'Nossa Senhora'! Jim caiu fora do palco!

A platéia amortizou sua queda e tentava feericamente conduzi-lo de volta à cena. Mas o palco era muito alto e ela não conseguia.

Enquanto isso, mantínhamos o ritmo e quando Jim finalmente conseguiu voltar, ele agarrou o microfone e o público respondeu com uma intensa vaia. Eu não conseguia parar de rir.

Terminamos as cinco músicas (de dez a quinze minutos cada) e, ao sairmos, comecei a imitar Ed Sullivan:

'Que *show*! Que *show*!'"

(John Densmore, no livro *Riders on the Storm*, 1991.)

Os concertos dos Doors eram, na verdade, rituais. Morrison conhecia profundamente a filosofia de Nietzsche e particularmente suas obras *A origem da tragédia* e *A cultura dos gregos*, nas quais o autor postula o espírito dionisíaco em cujo delírio sagrado a natureza abre ao artista suas verdadeiras portas e lhe mostra sua face real:

"A música mágica e a conjuração parecem ter sido a forma primitiva e origem de toda a poesia. O homem acostumou-se durante milênios com a conecção do idioma com o ritmo da música. O poder mágico da dicção rítmica tem sido paulatinamente esquecido. Distanciamo-nos cada vez mais de nossa origem. A canção mágica é uma conjuração aos demônios que parecem estar em atividade. A iniciação — cujos mestres foram, segundo a mitologia, Orfeu, Musaeu etc. — era fundamentada pelos efeitos catárticos. As canções rituais relacionadas com os antigos mistérios órficos eram vigorosas e entusiásticas."

(Nietzsche, em *A cultura dos gregos.*)

"Da mesma forma que os coribantes possuídos pela febre da dança não realizam suas evoluções no espaço segundo uma clara consciência, os poetas líricos também engendram suas mais belas poesias apenas quando a potência da harmonia e do ritmo 'baixa' sobre eles."

(Platão, em *Íon.*)

Morrison havia participado, nos tempos da UCLA (Universidade da Califórnia), de um grupo de teatro que seguia as diretrizes do Teatro da Crueldade do surrealista *hardcore* francês Antonin Artaud. A representação cênica foi revolucionada por este mestre que a concebia como um ritual orgiástico, mágico e irrepetitível. Artaud, que na década de 1930 já estava experimentando o *peyote*[1] (cacto alucinógeno) entre os xamãs mexicanos, descreveu esses rituais em seu livro antológico *Os Taraumaras.*

"O país dos índios Taraumaras é repleto de misteriosos signos e de formas esculpidas pela rocha viva sob o sol escaldante do deserto. Sob o efeito profundo do *peyote*, presenciei a tradição da Cabala, esta notável música dos números. A sagrada matemática oculta, sob a qual o caos material se rende totalmente a seus princípios. Uma matemática grandiosa que explica como a natureza engendra a gênese das formas. Nos maciços rochosos do deserto, distinguia cristalinamente as estátuas esculpidas segundo a progressão numérica 3, 4, 7 e 8.

---

[1] *Peyote*: *Lopbophora mexicanensis.*

"Queria checar os limites da realidade. Estava curioso em ver no que ia dar. Isso é tudo: apenas curiosidade."

As formas bizarras e barrocas dispunham-se sob um pedestal de granito formado por três sólidas pedras que se arrojavam em doze pontas às alturas. Os Taraumaras repetiam estas séries cabalísticas em seus rituais e danças."

(Antonin Artaud, Carta a Henri Parisot em *Os Taraumaras.*)

Os alucinógenos tiveram uma importância muito grande na formulação inicial do som dos Doors. Eram utilizados como catalisadores. Morrison seguiu ao pé da letra a máxima de Rimbaud: "Embriaguez sagrada: te afirmamos método!" Ritualizando seus concertos, deixavam-se levar pelas poderosas correntezas de Dionísio. O baterista John Densmore descreve uma dessas incursões que "tangenciavam o abismo":[2]

"As cerejeiras em flor estavam todas vibrando. As plantas 'bonsai' e as árvores pareciam estátuas esculpidas em 3-D. Escutava extasiado o fragor borbulhante da água de um tandem de lótus. As vozes dos turistas japoneses mesclavam-se

---

[2] Existe muita mitificação em torno desse assunto. John Densmore, no livro *Raiders on the Storm*, confessa que jamais tomou ácido com Ray Manzarek.

Morrison em uma apresentação dos Doors no Magic Musical Festival, Califórnia, julho de 1967.

ao sibilo sussurrante da ventania. Tudo parecia surreal e meus ouvidos captavam ao longe os derradeiros acordes de *Peer Gynt*, de Grieg, que estava sendo executada por uma sinfônica na Concha Acústica do Golden Gate Park.

Os botões de *peyote* que havíamos comprado em Los Angeles estavam evidentemente pegando.

Owsley Stanley III, o famoso químico *underground*, chegou até nós. Pensávamos que o Dr. White Rabbit nos iria regalar com alguns de seus famosos ácidos puríssimos, mas ele queria apenas discutir música."[3]

Os Doors foram logo denominados pela crítica como os mentores do Rock Teatral, pois na verdade Morrison, desde as primeiras aparições do grupo no Whiskey a Go-Go, tinha percebido que esse tipo de música cabia como uma luva nas concepções cênicas de Artaud. Em *Unknown Soldier*, por exemplo (música de protesto contra o Vietnã), simulavam um pelotão de fuzilamento e, após um repique da bateria e um instante de silêncio cuidadosamente planejado, ouvia-se uma batida forte na caixa da bateria juntamente ao acorde distorcido de Robbie. Jim então caía ao chão.

Mas após seu encontro com o grupo experimental de Julian Beck, o Living Theatre, que levava às últimas conseqüências as teorias de Artaud, as coisas se radicalizaram. Morrison levou ao delírio coletivo e à fúria descontrolada mais de treze mil pessoas em Miami. Essa fatídica performance lhe valeu um pesado processo, o cancelamento de todos os *shows* programados, o desprezo da crítica, do público e até dos membros de seu grupo, que acabariam posteriormente por expulsá-lo (como bem atesta o último telefonema do cantor aos Doors). De Homem do Ano1967 escolhido pela revista *Time* (que o colocou na capa do número de dezembro desse ano), Jim passou a Inimigo Público nº 1 em pouco tempo.

---

[3] O LSD nessa época era legalizado e seus componentes básicos eram fabricados pelo laboratório Sandoz para fins psiquiátricos.

Este fenômeno tem sido estudado e abordado pela quase totalidade de suas biografias. A meu ver, o vocalista dos Doors seguiu (consciente ou inconscientemente) a trajetória mitológica do supremo artista da Grécia Antiga. Lembremo-nos que Orfeu, a imagem terrena de Dionísio, foi destroçado pelas Mênades e Dionísio (Zagreus), pelos Titãs.

Pode ser esta a razão pela qual John Densmore comentou, certa vez, que Nietzsche teria sido quem matou Morrison.

John Densmore, em seu livro *Riders on the Storm*, nos relata de maneira fiel e definitiva o que realmente aconteceu naquela fatídica noite em Miami:

"Kafka certa vez escreveu: 'Existe um ponto além do qual não há retorno. Este é o ponto que devemos atingir.' Sem dúvida, Morrison o alcançou em Miami. Metamorfoseou-se num monstro que mesmo assim continuava a ser fascinante.

Mas o que realmente o levou a se precipitar no abismo naquela noite? Decerto, a energia extra com a qual nascera ou seus demônios interiores.

O Dinner Key Auditorium estava superlotado. Eram 8h15 da noite, e havíamos combinado de chegar 15 minutos antes do início do espetáculo. Não havia nem sinal de Jim. Aquilo estava me deixando inquieto. Robbie comentou: 'Será que podemos entrar sem ele?'

'De modo algum', eu disse. 'Este público é completamente diferente do europeu e não tem a mínima sensibilidade. O que eles estão querendo é ver o garoto nativo aqui da Flórida cantar!'

Após meia hora de tensão, Vince entrou no camarim gritando: 'Ele está aqui!' Não olhei para trás, mas senti que alguém com uma vibração completamente estranha estava penetrando na área. Percebi literalmente o caos se aproximar. O que todos chamam de carisma, eu denomino de psicose!

Não o encarei frontalmente, pois tinha medo daquela sinistra figura. Robbie franziu a testa e Ray, com sua inabalável calma, falou:

'Bem, vamos lá!'

Jim estava totalmente embriagado. Assim que descemos a escadaria e entramos no palco, me senti numa verdadeira sauna, no inferno de Dante. Estavam lá, em pé ou sentadas no chão, mais de treze mil pessoas num recinto que podia abrigar no máximo dez mil.

Começamos com *Back Door Man*. Jim vociferou algumas frases e depois parou subitamente. Iniciou então um discurso próprio de uma pessoa completamente transtornada.

'Vocês não passam de um bando de *fuckin*, idiotas. Vocês vão atrás de tudo o que lhes mandam. Deixam-se ser comandados. Na verdade, gostam disso. Não é? Acredito até que talvez apreciem enfiar a cara na merda... Não passam de um bando de escravos. E o que pensam em fazer para mudar isso?'

Naquela hora, meu único desejo era me liquefazer e escorrer sorrateiramente pelos tambores de minha bateria. Nunca havia presenciado uma ofensa tão pesada dirigida diretamente ao público.

Continuou falando: 'Não estou falando em revolução. Não estou querendo fazer nenhum tipo de demonstração. Apenas falo sobre a possibilidade de nos divertirmos. Falo sobre dançarmos. Falo sobre o amor. Agarre seu amigo e faça amor. Vaaaaammmooooosssss. Siiiimmmmm!'

'O que vocês estão fazendo aqui? Querem ouvir música? Não, não é isso que estão querendo. Certo. Quero ver muita ação neste local. Quero vê-los divertirem-se a valer. Quero ver dança. Não existem regras, limites ou leis! Vamos lá!'

Nesse preciso instante, o palco começou a ser invadido por uma multidão. As pessoas formaram um círculo e dançavam feericamente. Um policial e Jim trocaram os respectivos chapéus. Morrison jogou à platéia o quepe do policial que, ridiculamente, tentava em vão recuperá-lo.

Decidi abandonar o palco o mais rápido possível. Dei um pulo e caí acidentalmente sobre a mesa de luz, que despencou no chão. Um segurança, faixa preta em karatê, arrastou Jim para fora, afastando-o sob violentos golpes da multidão."

Desde criança, Morrison interessava-se pelo xamanismo indígena. Chegou até a comentar certa vez a amigos que, aos seis anos, um feiticeiro índio lhe passara sua força espiritual. Esta influência xamânica não está apenas presente nele: Jimi Hendrix era neto de uma índia da tribo Cherokee e costumava, quando menino, passar suas férias com sua avó, presenciando os cantos ritualísticos tribais que posteriormente tentaria reproduzir com sua Strato.

Jim jamais tirava um colar (guia de proteção) utilizado nas práticas xamânicas afro-cubanas. Segundo Densmore, o cantor estaria ligado inicialmente a esses rituais desde o tempo de adolescente na Flórida. Na "Santeria" (vodu afro-cubano que tem como centro, nos Estados Unidos, a cidade de Miami), este tipo ele colar é utilizado apenas pelos "filhos" (pessoas que têm associação de nascença) do orixá Xangô (Loa Sango em Cuba, Haiti e Caribe), o deus do trovão (Ridders On The Storm). Certas entidades oriundas da América, como Mr. Mojo Risin (evocado pelos *bluesmen* de Nova Orleans) são também cultuadas pela "Santeria". O poeta *beat* McClure relata num de seus escritos que Morrison era o próprio Mr. Mojo Risin.

No filme *The Doors*, de Oliver Stone, o tema do xamanismo é tratado com muita relevância. As entidades indígenas aparecem ao lado de Jim, protegendo-o sempre. O cineasta utiliza efeitos especiais e sobreposições de imagens com resultado impressionante. O cantor Kilmer dança xamanisticamente ao redor de uma fogueira (esses movimentos xamanísticos são executados pelo próprio Morrison no vídeo *The Doors Live at Hollywood Bowl*, de Ray Manzarek) junto a inúmeros pajés que surgem diafanamente na luminosidade do palco.

Há alguns anos, toquei cítara para o mais famoso pajé brasileiro, Sapaim, da tribo Kamaiurá (Xingu). Após meses

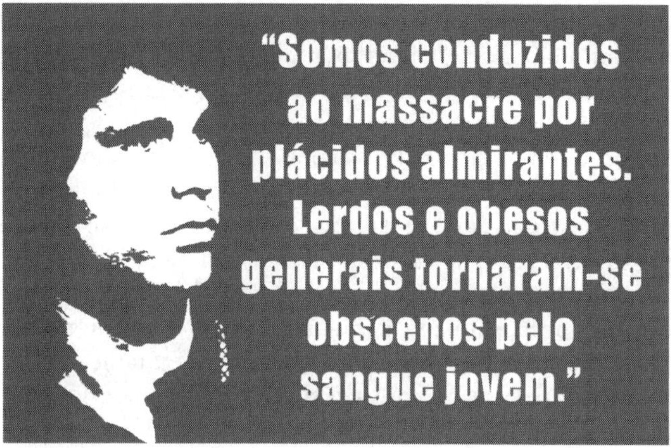

de convivência e muitas conversas sobre os mistérios da mata e da tradição xamanística, ele começou a contar-me algumas coisas sobre a flauta sagrada do Xingu. Nesse lugar, a música é utilizada como meio de cura e tocada com muito cuidado, pois seu som é muito poderoso (um erro na escala pode até ser fatal para o pajé). Por meio dela, espíritos de muita força são evocados. A maior festa do Xingu é o Jacuí, das flautas sagradas.

Os Doors foram a poderosa resposta (ou melhor, a contribuição) xamânica indígena e negra ao revolucionário *rock* céltico-druida[4] inglês. Este último, segundo Morrison, era totalmente inovador e diferente do *rock* americano dos primórdios. Hendrix, com sua força xamânica, integrou também este processo de fusão, e não é por acaso que foi primeiramente compreendido e acolhido entusiasticamente na Inglaterra.

O nome Doors provém da famosa máxima do poeta vidente William Blake (1757/1827): "Se as portas da per-

---

[4] A família de Jim Morrison era de origem escocesa.

cepção se desvelassem, cada coisa apareceria ao homem como é — infinita". Eles foram realmente os portais de um processo que começava a surgir na época da criação do grupo: a fusão entre o Oriente e o Ocidente.

Segundo o físico Fritjof Capra, em seu importantíssimo livro *O Tao da Física*, as concepções de tempo absolutas e categóricas da tradição cultural do Ocidente estão sendo progressivamente substituídas pelas noções metafísicas e não absolutas do Oriente. No meio da década de 1960, a música oriental (principalmente a indiana) começava a penetrar no Ocidente. Nossa música — a ocidental — é tiranicamente dominada pelo piano com seu sistema limitado de 15 tons fixos e categóricos. A cítara indiana possui 22 tons e recursos para atingir até 10 deles num único traste (pressionando-se a corda para baixo), em que milhares de matizes sonoros surgem em degradê. Hendrix declara, em 1967: "Não me interessam as notas, mas os sons que correm entre elas". Essa noção que havia aprendido na prática, com a alavanca de sua Strato e com a ressonância e as microfonias dos grandes amplificadores, é totalmente de caráter taoísta e oriental.

"Quando estive na Índia no ano passado e fazia uma preleção aos estudantes de música da Universidade de Benares sobre a influência da música indiana no Ocidente, mostrei-lhes o solo da guitarra de Robbie Krieger (que tocava cítara e fora aluno de Ravi Shankar) em *The End* e o espetacular arranjo de *Light My Fire* para cítara feito por Ananda Shankar (irmão de Ravi Shankar). Eles, entusiasmados, reconheceram no primeiro solo a peça clássica indiana *Raga Bhin Palasi* e no segundo, a *Raga Kafi*."

"No início de 1968, tanto eu quanto Robbie estávamos fascinados pela música indiana.[5] Ravi Shankar havia aberto

[5] No vídeo *The Doors: Dance on Fire*, Robbie, Densmore e Manzarek aparecem empunhando instrumentos indianos: cítara, tabla e tampura.

Os Doors se apresentando no The Scene,
Nova York, 27 de junho de 1967.

Os Doors no Asbury Park, 1968.

recentemente a escola Kinara de Cultura Indiana em Los Angeles. Robbie começou a estudar cítara e eu, tabla, o instrumento de percussão mais difícil do mundo. Segundo a tradição indiana, deve-se aprender primeiro a cantar as notas antes de tocá-las:

TITA-GITA-TITA-NANA TITAGITA-TITA-DA

Os percussionistas que não conseguem dominar esta intrincada técnica vocal silábica são desencorajados a continuar.

Ravi deu-nos uma aula (grupo de quarenta alunos). Com sua esposa ao lado, ele nos contou que, se uma pessoa possui grande força interior, pode sublimar sua energia sexual num instrumento musical."

(John Densmore, no livro *Riders on the Storm.*)

Morrison foi o tipo de artista que a moderna semiologia classifica como intersemiótico, ou seja, dominou simultaneamente vários códigos como música, cinema, poesia, teatro e expressão corporal, dança e pintura. Talvez, uma das maiores contribuições feita pelos Doors seja a fusão entre poesia declamada e *rock*. Artaud já havia ressaltado a força da palavra "soprada". O longo poema *Celebration of The Lizard* era lido de uma maneira impressionante. As palavras eram pronunciadas com um vigor rude por Morrison, enquanto os outros componentes do grupo seguravam o ritmo (especialmente a bateria, com uma pulsação forte e bem marcada). Efeitos sonoros eram obtidos com pedais (primitivos naquela época) e distorções microfônicas. John Densmore conta uma conversa que tivera com Jim em que acabaram por discutir a fusão entre poesia e música:

Após algumas horas fumando e discutindo filosofia, perguntei a mim mesmo: até que ponto o pensamento desse cara pode chegar?

"John", disse-me ele, "você já pensou alguma vez sobre o que se passa no outro lado?"

"O que você quer dizer com outro lado?"

"Você sabe: o vão, o abismo!"

"Sim, já pensei muito nele, embora jamais me aventurasse sondá-lo."

Esbocei um sorriso amarelo, para tentar disfarçar minha apreensão.

Jim começou então a declamar um intrincado e obscuro monólogo, que incluía citações de poetas como Rimbaud e William Blake:

"Os caminhos do excesso levam ao palácio da sabedoria."

Conhecer Jim foi o fim de minha inocência.

Mas felizmente a música era para nós o grande catalisador.

Certa vez, quando num carro nos dirigíamos a Hollywood, ele perguntou-me:

"Por que você outro dia disse que aquele guitarrista estava tocando fora?"

Tocava completamente deslocado da estrutura do acorde.

Em outros termos: estava completamente perdido. Claro que é possível ir além dessa estrutura, quando a intenção do som é verdadeiramente *free*. Mas isso não funciona quando o executante começa a desconhecer as modulações sonoras. É possível dançar além dos confins, como Miles e Coltrane. Mas eles puderam sair fora, pois pagaram por esse direito. Realizaram discos fundamentais."

Jim concordou plenamente. Quando comentei que concebia a música de Coltrane como um fluxo de consciência, um devaneio sonoro, Jim fez uma brilhante analogia desta com a literatura:

"Claro, isto é como Rimbaud e seu desregramento dos sentidos."

"É realmente uma perfeita analogia entre a poesia e o *free jazz*!"

"Hoje Allen Ginsberg fará uma leitura no Trip, vamos lá?"

"Evidente, poesia e *jazz* combinam plenamente."

Como poeta, Morrison editou dois livros: *The Lords &*

New Creatures (*Lords & Novas criaturas*), onde concebe a palavra *Lords* como os artistas independentes que movimentam-se alheios a qualquer forma de controle — são realmente nobres, como o maldito Isadore Ducasse que, no fim do século passado, se auto-intitulava "Conde de Lautreamont"; e *An American Prayer* (*Um pregador americano*). Esses livros apresentam, tanto nos textos curtos quanto nos poemas, a forma sintética que freqüentemente toma a leveza do haikai japonês.

Blusão de couro de cobra
Olhos indígenas
Cabelos iridescentes

Move-se no flutívago
Arde insetos
do Nilo

Mas é realmente impressionante a semelhança que existe entre o último haikai de Matsuo Bashô, o maior poeta japonês (1644/1694), e os derradeiros versos de Morrison (encontrados após sua morte, num manuscrito em Paris):

tomado pela febre
meus sonhos revolvem
o misterioso pântano
Bashô

logo ela desaparecerá
no calmo
pântano vegetal
Morrison

Morrison era antes de tudo um cineasta. Editava os efeitos sonoros usados nas trilhas sonoras dos filmes em suas grava-

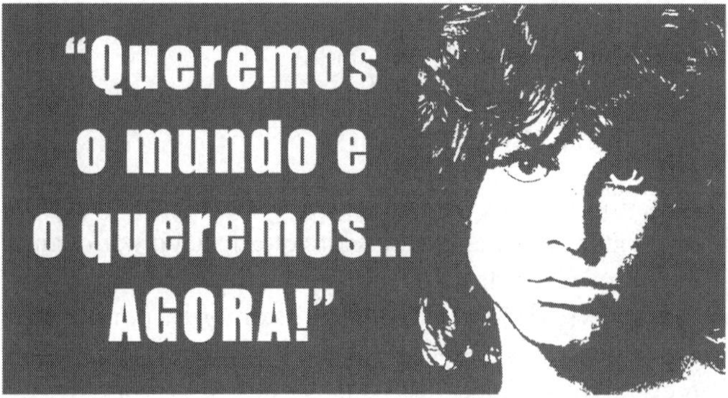

ções. Trovões mixam-se perfeitamente com o piano elétrico de Manzarek que emite verdadeiras gotas de chuva sonoras em *Riders On The Storm*. Em *Unknown Soldier*, o som de militares marchando e de um pelotão de fuzilamento são incluídos. Jim pensava a arte cinematográfica como herdeira da tradição mágica e chegava a comparar em *The Lords & New Creatures* a estrutura da montagem do cinema com o processo combinatório das cartas de Tarô. O cinema influenciará também a técnica de composição de seus poemas. Extremamente visuais e carregados de "fanopéia" (poesia visual imagética), segundo a classificação de Ezra Pound, apresentam *travellings* e cortes em que os versos são verdadeiros *takes* cinematográficos.

Um exemplo:

> Modernos círculos do
> inferno: Oswald (?)
> mata o presidente.
> Oswald toma um táxi.
> Oswald pára numa pensão
> Oswald desce do táxi.
> Oswald mata o Agente Tippit.

Oswald tira o blusão.
Oswald é capturado.
Escapule pra dentro de
um cinema.

Outro exemplo de montagem poética quase "einsteiniana" encontra-se nesse manuscrito que ficou por vários anos inédito, em poder de Paul Rothchild, e foi revelado recentemente no livro de John Densmore. É composto por diversos *takes*: a coluna da esquerda representa Jim e a da direita, Pamela. São na verdade dois poemas distintos montados de forma cinematográfica:[6]

Há sangue na rua
acima de meu tornozelo

Sangue nas ruas
acima de meu joelho

Ela veio

Sangue nas ruas
Cidade de Chicago

Ela veio

Sangue na ladeira
persegue-me

Ela veio

Ao romper do dia
Ela chegou e se foi
Com a luz do sol nos cabelos

Sangue nas ruas
corre o rio de pranto

Ela chegou

---

[6] O poema da coluna esquerda foi escrito por Jim Morrison. O da direita, que representa Pamela Courson, foi elaborado pelo produtor Paul Rothchild. A montagem foi feita por ambos.

Sangue nas ruas
acima de minha coxa

Ela chegou

Corre o rubro rio
as pernas da cidade

Ela chegou

Mulheres gritam
lacrimejam os rios

Ela chegou

Ela chegou na cidade
e se foi com a luz do sol
nos cabelos

Sangue nas ruas
Cidade de New Haven

Sangue varre os telhados
e as palmeiras de Venice

Sangue em meu amor
no calor infernal

Sangue no sol rubro
e esplêndido de L.A.

Sangue iridescendo os cérebros
Cortando fora os dedos

Sangue jorrará
no nascimento da nação

Sangue é a rosa
da união misteriosa

Alguns poemas de Morrison detêm uma poderosa vertente sonora. Parecem vibrar ao som dos poderosos amplifi-

A perfomance de Jim Morrison transcendia tudo em suas apresentações.

cadores Marshall. Podemos observar, tanto nestes versos quanto nos do bardo inglês William Blake, o fluxo musical alucinado pelas aliterações sonoras. Num dos primeiros concertos do grupo no Whiskey a Go-Go, trechos do "Casamento do céu com o inferno" foram lidos em meio aos feéricos improvisos de Robbie e Manzarek. Infelizmente, esse material não foi registrado.

> Deixa que o vento do oeste
> adormeça sobre o lago
> Fala em silêncio com os teus
> luminosos olhos
> Banha de prata o crepúsculo
> e de repente
> Te retiras enquanto enfurece
> o lobo
> E o leão o escuro bosque espreita
>
> William Blake

> Eis que a noite retorna com
> suas púrpuras legiões
> Recolham-se às tendas e aos
> devaneios
> Amanhã entraremos na cidade
> onde nasci
> Quero estar preparado
>
> Morrison

Após muitos anos da morte do cantor, o interesse pelo grupo é crescente. Suas letras e suas músicas continuam cada vez mais atuais e a sonoridade característica e única dos Doors (que não deixou continuadores) é considerada pela unanimidade da crítica como um marco na história do *rock*.

Os Doors foram uma antena parabólica que conseguiu mandalizar uma fusão que vai da música indiana até a brasileira, passando pelos *blues*, *jazz*, flamenco e até cânticos xamânicos tribais.

"*Break On Through* foi a canção escolhida para ser o nosso primeiro compacto. Fiquei preocupado pois seu ritmo era muito excêntrico, uma 'bossa nova *speed*'. Esse ritmo, tipicamente brasileiro, é bem visível na pulsação de minha bateria. Os músicos brasileiros influenciaram decisivamente todos os tipos de música com aquela bossa nova que 'falava o idioma do *jazz*'. Um bom exemplo disso é *Garota de Ipanema*, de Antônio Carlos Jobim."

(John Densmore, no livro *Riders on the Storm.*)

Vivemos uma época marcada por uma multiplicidade cada vez maior de "armações" articuladas por certas gravadoras que chegam até a lançar artistas que só aparecem na capa do disco e acabam recebendo o Grammy. Por outro lado, começa-se a sentir uma certa desconfiança pelos "truques de estúdio" e por certas engenhocas como os *samplers* (usados na maioria das vezes apenas para piratear) e as abomináveis e redutoras baterias eletrônicas.

Quando, no ano passado, estive em Benares, na Índia, entrei em contato com alguns dos maiores percussionistas do país. Observei que no início de sua formação utilizam tanto o metrônomo quanto as baterias eletrônicas, mas ao progredirem nessa intrincada arte os abandonam totalmente, pois seu ritmo é modulado segundo uma pulsação subjetiva de tempo que não pode ser capturada pela medição absoluta. Não é linear e sua dimensão mântrica reside basicamente nesses toques não rigorosamente regulares engendrados pelo sentido de respiração rítmica do percussionista que, felizmente, não é um relógio suíço.

"O grande percussionista de *jazz* Elvin Jones[7] deu-me todas as coordenadas que precisava. Aprecio muito sua técnica

[7] Elvin Jones, o magistral baterista de John Coltrane.

"Os sorrisos receptivos dos admiradores geralmente guardam a morte por detrás dos dentes felinos."

perfeita. Gostaria de saber se é mesmo verdade que os percussionistas contemporâneos veneram essas baterias eletrônicas japonesas. Quando um baterista desenvolve a percepção de tempo, percebe que esta é como praticar meditação ou entoar um mantra interior."

(John Densmore, no livro *Riders on the Storm.*)

A carreira dos Doors restantes foi desastrosa após a morte de Jim. Os dois discos lançados pelo grupo, *Other Voices* e *Full Circle* foram medíocres (felizmente todos já se esqueceram deles), bem como os individuais feitos por Manzarek e Krieger (que atualmente pesquisa amplificadores vintage Fender adaptados com válvulas modernas fabricadas pela NASA (Administração Nacional de Aeronáutica e Espaço dos EUA) e desaconselham a todos os guitarristas os transistorizados). Nessas gravações, o ouvinte inconscientemente fica esperando a entrada de Jim, o que nunca ocorre.

Em meados da década de 1970, o diretor da Elektra, Jac Nolzman, comentou que Jim já havia sido completamente esquecido. Robbie, Ray e Densmore acabaram por ficar numa situação financeira embaraçosa e, descrentes, venderam por uma ninharia seus direitos autorais de todo o material referente aos Doors para o oportunista Herb Alpert da A&M Records. A família de Jim recusou-se a entrar nessa arapuca e atualmente fatura milhões de dólares com os discos, livros, filmes e vídeos.[8] Por falar nela, os pais de Morrison quebraram o impenetrável sigilo (sempre se recusaram a fazer qualquer tipo de comentário público sobre o filho) e recentemente, numa entrevista, o repórter perguntou-lhes como haviam-se sentido em 1967, quando Jim declarara, num *press release* de divulgação da Elektra, que eles estavam mortos:

"Tanto o almirante quanto Ms. Morrison responderam que Jim tinha agido dessa maneira a fim de resguardar a privacidade e a segurança deles. Mas, na minha opinião, foi exatamente o contrário que aconteceu: Jim, desta maneira, estava proclamando sua independência e havia cortado definitivamente o cordão umbilical."

(John Densmore, em *Riders on the Storm*)

Mas o grande foco de interesse pelos Doors que vem acontecendo ultimamente foi detonado pelo filme de Oliver Stone, *The Doors*, que traz Val Kilmer no papel principal. Neste momento em que os Estados Unidos atravessam um período de neopuritanismo e o público está sendo bombardeado por uma gigantesca campanha nacional contra as drogas (em que os principais vilões e bodes expiatórios são os latino-americanos), o filme concebido pelo mago hollywoodiano das imagens está soando realmente como uma grande provocação. A sua repercussão é polêmica: o *Los Angeles Weekly* e a revista *Rolling Stone* o receberam entusiasticamente, enquanto o *Washington Post* o classificou como "uma obra vulgar e ridícula que fica todo o tempo tentando demonstrar quão entediante e drogado foi Jim Morrison". A revista *Time* comentou numa ampla matéria que "*The Doors* poderia ser divertido e interessante há vinte anos, pois mergulha num banho de decadên-

[8] Jorge Luís Borges escreveu, certa vez, que a história é o melhor e mais autêntico crítico de arte.

cia. Hoje em dia, porém, não é mais hora de imergirmos nesse lamaçal".

Ray Manzarek, que dirigiu e montou o documentário *The Doors Live at Hollywood Bowl* (disponível nas locadoras brasileiras em vídeo) em que podemos presenciar Morrison empunhando um maracá xamânico, estava preparando cuidadosamente por mais de dez anos o roteiro de um filme sobre o grupo. Robbie, que sempre se manifestara contra tal tipo de realização, mudou (embora cautelosamente) de idéia. Mas o filme acabou sendo rodado pelo cineasta de *Platoon*.

Muitos não estão engolindo Val Kilmer no papel de Morrison. O ator ocupa tanto espaço que até chega a cantar no lugar de Jim na trilha sonora da película (a voz do vocalista dos Doors foi retirada eletronicamente).

O mito Jim Morrison vem sendo cada vez mais capitalizado: uma infinidade de produtos é atualmente comercializada utilizando sua imagem. Vários livros têm sido também publicados: um deles, por incrível que pareça, tenta provar a todo custo, com argumentos "irrefutáveis" (segundo o autor), que o cantor estaria vivo nos dias de hoje numa remota paragem da África (*Jim Morrison vivo!*, por Jacques Rochard). Seja como for, aerografados em *spray* sobre a cripta de Morrison no Père Lachaise em Paris (que já virou ponto de peregrinação) estão os grafites "KILMER NÃO É JIM" e "DEIXEM-NO EM PAZ!".

Cancele minha inscrição
Para a ressurreição
Envie minhas credenciais
À Casa de detenção
Tenho muitos AMIGOS lá.

Jim Morrison

Morrison após uma apresentação em Los Angeles, 1967.

JIM MORRISON

Perfil Biográfico

O navio de cristal

Alberto Marsicano

O carro seguia pela serpentinosa estrada que cruzava as Montanhas Rochosas rumo à Albuquerque. Negras nuvens acumulavam-se sobre os altos penhascos e relâmpagos clareavam com *flashes* os contornos das rochas anunciando a tormenta. Jim com seis anos, contemplava a cena que posteriormente definiria como o "momento supremo de sua vida". Começa a tempestade e no lusco-fusco do crepúsculo uma luz vermelha oscila à frente do carro, seguida de um forte estrondo. O pai de Jim freia bruscamente e sobre os reflexos na pista molhada uma cena dantesca. Um caminhão carregando índios pueblos na caçamba acabara de capotar e eles agonizavam no asfalto.

Seu pai correu até um telefone para chamar socorro e Jim não parava de chorar. Partiram e o menino não continha o pranto. Para acalmá-lo, falou: "Meu filho, nada disso aconteceu, foi tudo um sonho". Jim nunca mais esqueceu esse episódio que inspirou sua composição *Riders On The Storm* (*Viajantes na tormenta*). Segredou certa vez a amigos que, ao passarem pelo primeiro cruzamento após o acidente, a alma do xamã índio que acabara de morrer passara para seu corpo.

James Douglas Morrison nasceu em Melbourne, na Flórida, em 8 de dezembro de 1943. Seu pai era um oficial de alta patente da marinha.

O contra-almirante George Steve Morrison, embora estivesse constantemente a serviço em distantes bases navais, procurou educar seus filhos segundo a tradição da disciplina militar e os valores americanos — ainda que, no caso de Jim, os esforços em tal empenho resultassem no contrário ao esperado. Para se ter uma idéia do tipo de mentalidade deste contra-almirante que sempre recusou-se a fazer qualquer comentário sobre o filho[1], o jornalista Michael Horowitz aproveitou o fato de Steve Morrison ter sido promovido para um importante posto no Pentágono (responsável pelos mísseis "Polaris") para entrevistá-lo. A certo momento, perguntou-lhe se geralmente os filhos de oficiais seguem a tradição familiar de entrar na Academia Naval. "Nenhum de meus filhos demonstrou interesse em seguir a carreira militar, mas, mesmo assim, direi isto: se meus filhos quisessem alistar-se, a arma escolhida seria evidentemente a gloriosa marinha!", respondeu ele.

Em setembro de 1957, os Morrison mudam-se para Alameda, pequena ilha da baía de São Francisco, conhecida por sua importante base aeronaval. Bom aluno, embora fechado, Jim revelava já nessa época traços de anticonformismo e desprezo total a qualquer forma de autoridade. Se Morrison via alguém conhecido no corredor da escola, simplesmente gritava: "Oi, *mother fucker!*"

Arredio às atividades normais e sadias a um adolescente de Hight School, trancava-se horas a fio em seu quarto, lendo. Certo livro o impressionou de maneira muito profunda: era

[1] O almirante abriu uma exceção a um repórter da revista *Time*.

On the Road (*Na estrada*) de Jack Kerouac, sobre a geração *beat*.

O núcleo mundial dos *beats* era North Beach, local vizinho a São Francisco e distante apenas quarenta e cinco minutos de Alameda. Nos fins de semana, Jim vasculhava a lendária livraria e editora City Lights situada na Columbus Avenue com a Broadway, em Chinatown, para folhear os livros. Certa vez viu um dos donos, o famoso poeta Lawrence Ferlinghetti, autor de *Coney Island of the Mind*. Acenou-lhe e quando o poeta respondeu o cumprimento, Jim desapareceu repentinamente.

Começa a ler Allen Ginsberg e se fascinar com o personagem anfetamínico dos livros de Kerouac, Dean Moriaty. Essa bizarra figura era um dos "alucinados, daqueles que estão loucos para viver, loucos para falar, loucos para se salvar, tudo ao mesmo tempo, os que jamais bocejam ou dizem banalidades; mas ardem, ardem e ardem..." Sim, Morrison era um deles, e já sentia este *pathos*, essa força inexprimível que o impelia de maneira irrevogável ao caminho da arte.

No ano de 1958, parte para Alexandria, no Estado de Virgínia, com a finalidade de continuar seus estudos no famoso Liceu George Washington. Continuava o mesmo: se chegava atrasado à aula, contava histórias fantásticas como a de ter sido raptado por ciganos ou assaltado por marginais. Quando, certa vez, abandonou a sala repentinamente e o professor correu atrás dele, explicou que iria ser operado de um tumor no cérebro naquela tarde. Sua mãe ficou terrivelmente espantada quando o diretor telefonou-lhe no dia seguinte para saber como tinha sido a cirurgia.

Era excelente aluno e suas altas médias em todas as matérias colocaram-no por duas vezes no quadro de honra do Liceu. Estudou profundamente a filosofia de Nietzsche, cujo pensamento errante e profético, fundamentado na tradição dionisíaca apolínea dos antigos gregos, o influenciaria não apenas na concepção ritualística de seu futuro grupo musical, como também em sua postura de vida. Leu tudo de

"Estão todos aí? A cerimônia vai começar."

Kerouac, Ginsberg, Ferlinghetti, McClure (de quem se tornaria muito amigo), Corso e todos os demais poetas *beats*. Em sua cabeceira estavam o *Ulisses,* de James Joyce e *The Outsider,* do grande Colin Wilson.

Mas o poeta que realmente o impressionava, tanto por sua poesia quanto por sua vida bizarra, era o adolescente maldito Rimbaud: "O poeta torna-se vidente após um longo, desmesurado e sistemático desregramento de todos os sentidos". A poesia de Rimbaud, que seria musicada pelo grupo californiano Electric Flag, ofereceu-lhe os paradigmas necessários para sua formação poética. O escritor Louis Ferdinand Celine com seu *Voyage au bout de la nuit* (*Viagem aos confins da noite*) inspiraria seus futuros versos de "End Of The Nights" ("Confim da noite"). Outra inegável influência literária que o entusiasmava por estes tempos era o poeta vidente inglês William Blake (o nome do grupo, The Doors, sairia futuramente de uma famosa frase desse mestre).

Seus campos de leitura eram tão vastos e os livros tão estranhos que certa vez um professor desconfiou que várias obras por ele citadas num trabalho não existiam e tinham sido arbitrariamente inventadas. Após extenuante pesquisa na enorme Biblioteca do Congresso, o mestre verificou que aqueles livros eram reais e versavam sobre a demonologia nos séculos XVI e XVII; pelo cunho de seus escritos, certamente Morrison os tinha lido.

Neste período, Jim inicia suas experiências literárias, escrevendo seu primeiro poema após ter visto uma ilustração em que cavalos eram atirados ao mar, de um galeão espanhol encalhado no Mar dos Sargaços:

"Quando o mar calmo
conspira couraças
E suas correntes soturnas e
abortadas
engendram pequenos monstros
A verdadeira navegação se esvai
Terrível momento
O primeiro animal é arrojado
Patas agitando-se enfurecidas
O obstinado verde galope
Erguem-se as frontes
Equilíbrio
Sutil
Pausa
Consentimento
Na voracidade silente
das narinas
Cuidadosamente refinada
E selada"

Embora seus pais já tivessem traçado os planos para que cursasse a Universidade da Flórida, Jim estava firmemente decidido a estudar cinema na UCLA (Universidade da Califórnia) e, sem dizer nada, enviou seu currículo escolar e documentos a essa instituição.

Em 1964, ingressa no Departamento de Cinema, tendo como colega Francis Ford Coppola e como professores cineastas como Jean Renoir, Stanley Kramer, Josef von Sternberg e outros. Começa a escrever apontamentos sobre o cinema que posteriormente constituiriam parte do livro *The Lords & New Creatures*. Elabora um roteiro sobre a vida de Rimbaud e colegas sugerem-lhe que faça o papel principal.

No fim do ano, existia uma espécie de exame de avaliação que constava da projeção de cerca de quarenta filmes feitos pelos alunos. Jim não escreveu roteiro para seu filme que, além de não ter título, apresentava uma seqüência aleatória de imagens definidas por seu amigo De Bella (futuro assistente de Coppola em *Apocalipse Now*) como "uma mescla difusa de imagens sobre o autor e seu olhar". Essa insólita película começava com um plano em que Jim dava uma forte tragada num cachimbo cheio de erva. Depois a imagem fixava a vinheta ondulante do programa de televisão Outer Limits. Seguia-se a cena de uma loura (a namorada alemã de De Bella) dançando nua sobre um aparelho de televisão que mostrava um desfile nazista. Finalmente aparecia o apartamento de Jim, inteiramente coberto com fotos da *Playboy*, onde *junkies* caídos no chão observavam atônitos um filme mudo num plano em *travelling* que terminava com a imagem da televisão sendo desligada.

A projeção foi mais caótica que o próprio filme. De início, esse se partiu e não entrava no projetor. Quando finalmente as primeiras imagens apareceram, as reações variavam entre a confusão, hilaridade e decepção profunda. O filme não foi selecionado para a mostra do Royce Hall. Jim recebeu como nota um mísero D. Sentindo-se incompreendido, perambula pela praia de Venice e pensa em abandonar definitivamente o curso.

Certo dia, Jim vislumbrou Ray Manzarek atravessar o campus. Ele também estudava cinema, além de tocar órgão no grupo Rick and the Ravens. Como um dos membros de sua banda desistira de tocar, e no contrato constavam seis músicos, Ray teve uma idéia imediata: "Ei Jim, não quer tocar conosco?" "Mas eu não toco nada!" "Não faz mal, tudo

Jim Morrison na época que estudava no High School de Alameda, 1957.

Morrison na adolescência, bom aluno e filho da burguesia, a um passo do caminho do *rock and roll*.

que tem a fazer é empunhar uma guitarra que não será ligada ao amplificador."

Morrison comentará depois que este fora o dinheiro mais fácil ganho em sua vida.

Resolve deixar a faculdade. Não lhe interessava seu caráter acadêmico, bem como os milhares de "universiotas" e "universotários" que perambulavam lobotomizados pelo campus. Muda-se para um pequeno quarto na praia de Venice. Ao saber que seu exame médico no exército o classificara no grau altamente convocável de 1A e que, não estando matriculado na Universidade, não escaparia do serviço militar, inscreve-se nos mais variados cursos da UCLA, sem a mínima intenção de freqüentá-los.

Venice era o lugar ideal. Corpos bronzeados pela praia, rádios tocando. Guitarras distorciam ao ritmo dos tambores alegremente percutidos ao som do "*backing vocal*" do mar. Puríssimo LSD ("California Sunshine", "White Rabbit", "Sugarcube") era vendido abertamente sobre o balcão da loja principal (até 1968, o LSD era legal e produzido pelo laboratório Sandoz, detentor da fórmula original). São Francisco tinha Haight e Los Angeles, Venice.

Era um dos "errantes" de praia: jeans desbotados pelo sal do mar, cabelos compridos e camiseta. Mudou-se para um armazém abandonado cheio de clarabóias. Tinha uma vela como iluminação e um bico de bunsen em que aquecia enlatados. Raramente dormia ou ingeria alguma coisa, a não ser o ácido que rolava na praia.

Estávamos em 1965, e por essa época Jim escrevia secretamente muitas canções. Ao observar uma mulher caminhando na praia compusera *Hello I Love You*. O pequeno e simpático restaurante Olivia's servira-lhe de inspiração para *Soul Kitchen*. Com seu amigo Denis Jacob já havia levantado a possibilidade de formar um grupo de *rock* cujo nome seria The Doors: Open and Closed (As portas: abertas e fechadas). Mas as coisas iriam tomar forma apenas no verão seguinte.

Jim encontra o tecladista Ray Manzarek na praia e começam a falar de música. O futuro cantor dos Doors lhe mostra uma de suas canções, *Moonlight Drive*:

"Nademos até a Lua
Subamos pela maré
Penetremos a noite
Onde a cidade dorme
a velar-se..."

Ray, entusiasmado, gritou: "É isso! Nunca ouvi palavras como essas num *rock*!" Trocaram algumas idéias e resolveram fundar o grupo que teria o nome blakeano de "The Doors". Manzarek, após ter estudado pintura e música no Conservatório de Chicago, inscrevera-se no Departamento de Direito e no de Cinema da UCLA. Era formado em Economia pela Universidade De Paul e passara vários anos no Oriente tocando em bandas de Okinawa (Japão) e da Tailândia. Seu conjunto, Rick and the Ravens (Rick e os Corvos), era inspirado em Edgard Allan Poe e tinha um contrato com a World Pacific. Manzarek freqüentava o centro de meditação de Maharishi onde conhecera o baterista John Densmore. Os três foram até um estúdio amador onde gravaram um "demo" com seis composições de Morrison.

Outro grande músico uniu-se ao grupo. Era o guitarrista Robbie Krieger, estudante de Física e Psicologia na UCLA, que também freqüentava as reuniões de Maharishi. Ele é um dos mais *sui generis* guitarristas da história do *rock*. A começar por sua técnica de não usar palheta, utilizando o estilo da guitarra flamenca em sua Gibson SG Special. Além disso, tem uma teoria de que as cordas melhoram com o tempo e somente as troca de dez em dez meses. Foi um dos primeiros a utilizar a estrutura da música clássica indiana (*Raga*) no *rock*. Na antológica *The End*, ele dedilha eletronicamente a peça clássica indiana *Raga Bhin Palasi*. Sua formação como

“A cura é lavrada do êxtase.”

instrumentista provém do flamenco, cujo grande conhecimento pode ser degustado em *Spanish Caravan*. Cita os guitarristas ciganos Manitas de Plata e Sabicas como sua grande influência. No campo do *blues* e do *jazz* (quando já dominava perfeitamente o *bottleneck*), aprendeu a tocar ouvindo as gravações do jazzista cigano Django Rheinhard (um dos pioneiros da guitarra elétrica). Robbie e Densmore haviam tocado juntos no grupo Psicodelic Rangers.

Era uma manhã brumosa de novembro, quando Jim telefonou a Ray. Estava viajando de ácido com Phil Oleno e Felix Venable. Contemplavam silentes fotos de teias de aranhas inoculadas com LSD e mescalina. As teias das primeiras eram geométricas e as das segundas, tortas, irregulares, “barrocas”. Estas reveladoras imagens os motivaram a tomar um chevrolet vermelho, caindo aos pedaços, e rumar para o deserto do Arizona em busca do *cactus peyote*. Voltaram dois dias depois, rasgados e cheios de feridas, contando uma história fantástica de terem encontrado feiticeiros índios que os haviam iniciado no ritual do cactos. Numa segunda versão narrada a outras pessoas (e que explicava as feridas), não haviam encontrado índios, mas bandidos mexicanos mal encarados e fortemente armados.

A primeira aparição pública dos Doors deu-se em dezembro de 1965, durante a projeção de alguns filmes feitos por alunos da UCLA. Ensaiavam todos os dias e em fevereiro já contavam com um repertório de mais de quarenta músicas. Pensaram em convidar um baixista, mas Ray era tão versátil que conseguia fazer perfeitamente a linha do baixo com os pedais de seu órgão. O método utilizado nos ensaios (e inventado por Jim) era denominado "Mente comunal" e consistia num ritual dionisíaco em que os componentes do grupo ingeriam LSD e soltavam-se o máximo possível nas improvisações, deixando que o espírito da música os possuísse por completo. Nesse período (1966/1967), o LSD funcionou como catalisador, sendo amplamente utilizado. Seguiam a sugestão de Rimbaud: "Embriaguez sagrada: te afirmamos método".

A "demo" que continha composições de Morrison foi parar na Columbia, que se interessou e até fez um pré-contrato, imediatamente cancelado após a prisão de Krieger e Densmore por posse de marijuana e a convocação de Jim para o exército na condição 1A.

No início de 1966, começam a se apresentar num night club, o Whiskey a Go-Go. Embora tivessem constantes atritos com o proprietário (um ex-policial) sendo sistematicamente despedidos toda semana, o grupo despertava a curiosidade do público e frases do tipo "Vamos lá ver aquele cantor transtornado dos Doors" começavam a ecoar pela cidade. Jac Holzman, jovem proprietário da pequena gravadora independente Elektra, entusiasmou-se com o som diferente do grupo e, na quarta visita que fez ao estabelecimento, ofereceu-lhe um contrato de gravação.

Pouco tempo depois entram no estúdio Sunset Sound.

O local era pequeno e sem recursos sofisticados. Começa a gravação de *The End* (é impressionante pensar que este registro antológico, que agora ouvimos em cristalino CD, tenha sido realizado naquelas condições "precárias"). A guitarra de Krieger oscila em arabescos espargindo aciduladas iridescências cromáticas. A voz de Jim ecoa profunda numa revelação solene e abissal. Morrison, narcotizado e com os olhos gázeos, canta colado ao microfone. Em certo momento, observa atentamente um pequeno aparelho de televisão e o atira violentamente contra o vidro da sala de gravação. Estilhaços voam para todo lado e o vidro grosso quase se parte. O som pára e o diretor interrompe a sessão pedindo encarecidamente que levem Jim para casa.

Na primeira semana de janeiro de 1967, o LP *The Doors* é lançado juntamente como *single* (compacto) *Break On Trough*. A fase de amadorismo havia acabado. Na sala de espetáculos Ciro's, em Sunset Strip, tocam para mais de dez mil pessoas. Agora *managers*, percebendo o potencial econômico do grupo, começam a acionar a máquina.

A música mais tocada nas rádios era *Light My Fire*. Essa composição de Krieger, fusão entre *rock*, música indiana e estrutura melódica da bossa nova brasileira — que nessa época invadia os Estados Unidos (tal influência fica evidente na interpretação de José Feliciano) —, foi rapidamente transformada em *single*. Possui solos instrumentais sublimes: de início, o órgão barroco-lisérgico de Manzarek percorre todos os diapasões da escala preparando a entrada de Krieger, cujo *swing* latino infunde com todos os cromatismos a canção.

Na terceira semana de junho, *Light My Fire* já estava entre as Dez Mais. Em 25 de julho, a Elektra comunica que os Doors haviam chegado à primeira colocação segundo o semanário *Bilboard*. O LP *The Doors* estava sendo analisado e comentado pelos principais críticos. Trouxe a inovação de contar com faixas de longa duração (como *The End*) que inexistiam em discos de *rock*, embora fossem normais em *jazz* e clássicos. Essa experiência abriu caminho para a quebra deste "tabu": discos como o *Anthem of The Sun* (1967) do Greateful Dead não possuíam mais faixas.

O sucesso de *Light My Fire* foi tão repentino e espantoso

que o grupo foi logo convidado para se apresentar no programa de maior audiência da televisão americana, o Ed Sullivan Show (o Sílvio Santos americano). Era transmitido de costa a costa, atingindo índices recordes de audiência. Havia, porém, um problema: o verso "Girl, we couldn't get much highter" era incômodo; pois a palavra *hight* (alto) estava sendo utilizada no sentido de entorpecimento provocado pelas drogas. Além disso, a frase "Light my fire" ("Acenda meu fogo") remetia à idéia da marijuana, que tinha virado moda em todo o país e estava preocupando as autoridades. O palco dos Doors não era mais o restrito meio *underground* de Venice, mas todo o país, embora as músicas e a mensagem permanecessem as mesmas. O clima no camarim era de revertério. Jim encostava-se à poltrona e o sogro de Sullivan, Bob Precht, tentava explicar-lhe a questão: seria simples, bastaria que ele suprimisse a palavra *highter* ou inventasse outra durante a interpretação.

"Certamente", disse Jim, "acho que posso encontrar outro verso". Nisso, entra Mr. Sullivan e exclama: "Não fiquem tão sérios! Vocês jovens ficam tão bem quando sorriem!"

"Bem", respondeu Morrison, "acho que somos um grupo meio mal-humorado".

O cenário não poderia ser mais *kitsch*: uma série de portas penduradas ao fundo com fios de náilon. A transmissão era nacional e ao vivo. Bob Precht, apreensivo, olha os monitores seguindo a letra quando, na hora da supressão, Jim grita a todo volume: HIGHTER!!!

Precht, desesperado na sala de controle, coloca as mãos na cabeça e brada num tom ensurdecedor: "Vocês não podem fazer isso comigo!"

Em 1967, vivia-se o pesadelo do Vietnã. Milhares de jovens estavam sendo massacrados naquela guerra absurda. Jim escreve nesse momento suas letras mais militantes. *Unknown Soldier* (*Soldado desconhecido*) teve seu título inspirado no famoso monumento. A força de Morrison residia em seu

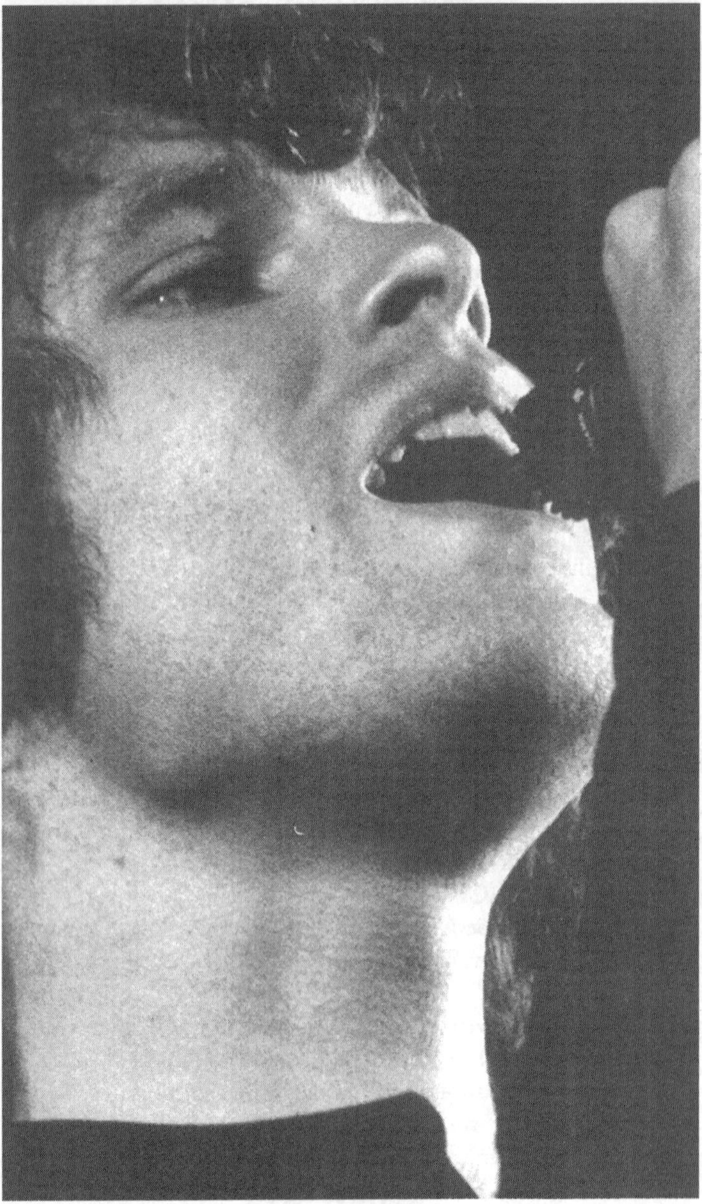

Jim Morrison, desde criança, interessou-se
pelo xamanismo indígena.

caráter intersemiótico, ou seja, lidava com todas as artes: música, poesia, pintura, dança e cinema. *Soldado desconhecido* era na verdade uma performance teatral:

> "No café da manhã notícias são lidas
> As crianças da televisão alimentam-se
> não-nascidos, vivos e mortos
> a bala estilhaça o capacete
> Tudo acabado para o soldado desconhecido
> Tudo acabado para o soldado desconhecido"

Nesse momento, Robby, Ray e Jim começavam a bater os pés em uníssono simulando o som de marcha. Paravam, e Morrison assumia a postura de um prisioneiro prestes a ser fuzilado. Ray gritava: "apresentar armas!" Ouvia-se então um rufar de tambores, e um forte toque na borda do aro da bateria simulava o tiro. Jim caía ao chão como se tivesse sido atingido. Outro instante de silêncio e o órgão começava a tocar em surdina:

> "Faça-se a tumba para o soldado desconhecido
> Aninhado na cavidade de teu ombro
> O soldado desconhecido"

A música recomeça a todo volume e Jim, de pé, canta num tom épico e exaltado:

> "Tudo acabado!
> A guerra acabou!
> Tudo acabado!
> A guerra acabou!"

Mas as performances dos Doors não eram simplesmente teatrais. Eram rituais catárticos e xamanísticos. Certa vez, Jim conversava sobre isso com Ray e contou-lhe a respeito

"Cinema, herdeiro da alquimia, ciência última do erotismo."

dos xamãs siberianos: "Quando o curandeiro prepara-se para entrar em transe, todos os aldeãos fazem um círculo à sua volta e percutem chocalhos e tambores. Existe um constante martelar". Nos Doors acontecia o mesmo: os concertos se iniciavam com uma pulsação rítmica vigorosa (marca registrada do grupo) até que a voz de Jim surgia como um xamã que acabara de mergulhar no estado de transe. Existe também a informação de que Morrison tivesse ligações (como iniciático) com rituais afro-americanos — a prova mais concreta disso é a evocação na música *L.A. Woman* da entidade de vodu (de Nova Orleans) Mr. Mojo Risin, cultuado principalmente pelos *bluesmen*.

No final de 1967, o grupo não se apresentava por menos de 10 mil dólares. Seis meses depois, essa quantia já havia sido dobrada. Jim vivia modestamente num motel, o Alta Ciniega, num quarto de 10 dólares. Tinha como companheira constante Pamela Courson, uma *down freak* que preferia barbitúricos a alucinógenos. Durante esta fase de prosperidade financeira, Jim começa a gastar furiosamente. Não em carros, casas e outras manias dos cantores de *rock*, mas em altas contas de bar e roupas feitas sob medida, utilizando materiais estranhos como, por exemplo, couro de lagarto. Esse período marca também seu abandono dos alucinógenos, trocados pelo álcool.

Em 1968, sua atividade poética se intensifica. Começa a recolher rascunhos e poemas antigos. Musica um longo poema denominado "King Lizard" ("Rei Lagarto") e pensa em incluí-lo no próximo LP (a gravadora não permitirá). Os Doors começam a gravar o novo LP, quando o perfeccionismo do produtor exige até vinte *takes* da mesma música. Morrison queria que ele se chamasse *King Lizard* e tivesse a capa em couro de lagarto. Em julho de 1968, é lançado com o nome de *Waiting For The Sun* (*Esperando pelo Sol*).

Em maio de 1968, eclode na França uma rebelião estudantil sem precedentes, com repercussões em todo o mundo. Carros queimados, lojas saqueadas, paralelepípedos arrancados. Milhares de estudantes nas ruas travavam com a polícia verdadeiras batalhas urbanas. Como bem definiu o poeta mexicano Octavio Paz, tanto no Leste quanto no Oeste havia para os jovens uma palavra proibida: "prazer"; "prazer de viver livremente, segundo suas próprias concepções e idéias". Na Inglaterra, os Rolling Stones compõem *Street Fighting Man* (*O combatente das ruas*) e nos Estados Unidos o sentimento de revolta contra a guerra do Vietnã e o antimilitarismo eram cada vez mais crescentes.

Os concertos dos Doors atraíam de quinze a vinte mil pessoas que cantavam em uníssono *Unknown Soldier*. O Pentágono começou a irritar-se com essas manifestações. (Hoje eles culpam os jornalistas, artistas e pacifistas pela derrota no Vietnã, e esse argumento foi utilizado na cobertura do conflito no Golfo Pérsico para censurar todas as cenas prejudiciais à imagem do Exército americano). O clip de *Unknown Soldier* foi proibido de ser transmitido na televisão (inclusive na Inglaterra por ocasião do episódio "Sadam"). Durante os concertos do grupo, eram freqüentes os conflitos entre a polícia e o público. Morrison, inúmeras vezes, foi retirado à força do palco por policiais e os camarins eram sempre revistados.[2] A associação dos Doors com a guerra do Vietnã é tão forte e está de tal modo incutida no inconsciente coletivo americano, que Francis Coppola, em seu magistral *Apocalipse Now*, colocou a voz de Jim na abertura do filme, cantando *The End*.

Mas os Doors já estavam prontos para a Europa e vice-versa. Londres era um caleidoscópio lisérgico; descia-se por tortuosas escadas e penetrava-se em porões densos e esfomeados onde, entre difusas e opiáceas nuances de luz que espargiam-se em borbulhas de cor, grupos como Soft Machine e Jimi Hendrix Experience eram apreciados.

O Roundhouse era uma construção circular imensa, antiga e com o teto alto. Dentro (cabiam 2.500 pessoas) o incenso misturava-se a outros aromas que circulavam entre a bizarra e felliniana multidão coberta de colares e de longos cabelos. Uns vestidos de couro e outros nus.

Entram os Doors! Milhares de pessoas amontoavam-se do lado de fora, sem ingresso. No pequeno palco, próximo ao público, a verve cênica de Jim emergia mais selvagem que nunca.

De lá, seguiram para Frankfurt e Amsterdã. Nesta última, surge um problema que jamais abandonaria o grupo: o abuso do álcool por parte de Jim. O Jefferson Airplane abria o evento e, enquanto tocava, Morrison apareceu em cena totalmente embriagado e cambaleante, tentou acompanhar uma das canções. Depois, no camarim, em estado pré-comatoso encostou-se com os olhos gázeos e a tez cor de marfim num banco de piano. Foi levado para um hospital e os Doors entraram (sem o vocalista) e, após breve e seco aviso sobre o estado de Jim, tocaram como se sempre tivessem sido um trio.

---

[2] Após o conturbado concerto de New Haven em 1967, Jim foi preso.

Em Londres, Jim encontra o grande poeta *beat* Michael McClure. Após uma noite de abusos (em que o velho bardo dissolvera algumas pastilhas de mescalina na bebida), que havia definitivamente selado a amizade entre ambos, alguns poemas de Morrison dispunham-se sobre a mesa. McClure os lê e convence-o a publicá-los.

Os rituais dos Doors eram inspirados num dos autores mais queridos de Jim, o genial surrealista francês Antonin Artaud, que profetizara em sua obra *O teatro e seu duplo* o espetáculo orgiástico, dionisíaco e irrepetitível. Artaud, que já na década de 1930 (1937) experimentara o *cactus peyote* no ritual "Tutucuri" no México (descrito em seu livro *Os Taraumaras*), dera a Morrison nos tempos de estudo todas as coordenadas de como conceber a cena ritualística, na qual o pulsar mágico e hipnótico do *rock* coube como uma luva.

Por esses tempos, perambulava pela Califórnia o grupo radical experimental Living Theatre (Teatro Vivo) de Julian Beck e Judith Melina (que estiveram no Brasil e irradiaram a muitos sua energia). As performances do grupo eram marcadas por transgressões em todos os sentidos que visavam despertar reações no público.

Jim assiste ao espetáculo na primeira fila e em poucos minutos já está em pé, vociferando palavras de efeito. As reações do público começaram a intensificar-se e, a certa altura, a histeria e o caos detonaram um delírio coletivo que provocou a chegada de um forte contingente policial. No dia seguinte havia um concerto dos Doors marcado em Miami. O cantor talvez, neste momento, já pensasse no que iria fazer...

A fábrica de automóveis Buick entra em contato como *manager* do grupo, propondo utilizar *Light My Fire* num comercial em que o verso original seria alterado para "Buick acenda meu fogo". A idéia causou certa repulsa em Jim, mas a soma oferecida era de 50 mil a 75 mil dólares.

A noite em Miami estava quente e úmida. Jim já havia

tomado inúmeras cervejas (não se sabe ao certo se era apenas álcool que havia ingerido); encosta-se num enorme amplificador e pede mais uma. O local já começava a lotar. Era um grande hangar de hidroaviões, sem cadeiras ou ventilação. A coisa estava ficando tensa; pois Ray, Robbie e Densmore não chegavam e a platéia (em pé) estava inquieta com o atraso de mais de uma hora.

Morrison, nessa noite fatídica, parece ter levado às últimas conseqüências a máxima de Blake: "Os caminhos do excesso levam ao palácio da sabedoria". Barbado e trajando uma roupa de couro negro e um chapéu de pirata com uma caveira, cambaleante, tropeça nas letras e tenta provocar a platéia de todos os modos. Primeiro, pede bebida ao público e recebe uma garrafa de vinho barato. Grita ao microfone: "Vocês são um bando de *fucking* idiotas!" Tenta tirar a calça. A multidão urra. Um excêntrico que estava nos bastidores entra no palco com uma ovelha e a entrega ao cantor que faz o jocoso comentário: "Se não fosse tão jovem, foderia com ela". O público vaia. Denigre então o sentimento bairrista do auditório dizendo: "Nasci aqui na Flórida, mas logo me toquei e parti para o lindo Estado da Califórnia!" Nova vaia. Abre a braguilha e brada: "Vocês querem meu pinto?" Põe o membro para fora e masturba-se aos olhos incrédulos da multidão. Aquele delírio coletivo que presenciara na véspera em algumas dezenas de pessoas era pequeno diante do enfurecido dragão humano de mais de vinte mil espectadores.[3] Mas o clímax da convulsão é atingido quando Morrison aproxima-se de Krieger e, de joelhos, simula uma copulação oral. O auditório veio abaixo! Dezenas de pessoas começaram a invadir o palco, cuja estrutura balançava ameaçando desmoronar. O espetá-

---

[3] Existem várias versões divergentes sobre o que realmente aconteceu naquela noite e o número de espectadores.

culo foi suspenso.

O equipamento fora destroçado. O palco estava rachado e pelo chão espalhavam-se centenas de latinhas de cerveja, entre sutiãs e calcinhas. Poucos dias depois, o presidente da Comissão do Crime e Contravenções requeriu um inquérito. O Capitão da Divisão de Segurança da Polícia de Miami emitiu um mandato de prisão contra Jim. Foi rapidamente articulado um movimento denominado "Cruzada pela decência", organizado pelo jovem católico Mike Levesque, com a benção e total apoio do presidente Nixon. A imprensa de todo o país virou-se contra o grupo, que tornara-se o bode expiatório de tudo que estava acontecendo de barbaridade nos Estados Unidos. O jornal *Miami Herald* abre fogo com a manchete "O rei do *rock* orgástico"; o *Miami Voice* estampa na primeira página em letras garrafais "O Rasputin Louco do Rock", com a foto de Jim barbudo e com olhar transtornado. Até a revista dita "progressista" (na época) *Rolling Stone* ridiculariza o cantor exibindo em suas páginas centrais um pôster de Morrison com o título "Procurado!", no estilo Velho Oeste.

Nas primeiras semanas que sucederam o insólito episódio, o clima era de hilaridade, tanto na gravadora quanto entre os membros do grupo. O incidente em Miami estava sendo paulatinamente absorvido como "mais uma do Morrison". Mas a graça acabou logo, quando a maioria dos concertos que fariam (Jacksonville, Providence, prova Syracuse, Filadélfia, Cincinati, Cleveland e Detroit) foram repentinamente cancelados. Uma notificação confidencial circulou entre os milhares de membros da Associação das Casas de Espetáculos advertindo sobre a imprevisibilidade desses concertos. Até a Universidade de Cleveland desistiu, e o grupo começava a sofrer um maciço boicote por parte dos meios de comunicação. A Buick abandonou totalmente a idéia de utilizá-los como propaganda.

Mas o maior problema era a real e próxima perspectiva da condenação de Morrison pelo tribunal de Miami, a título de exemplo social. Jim levava todo o jeito de tornar-se o bode expiatório nacional quando a promotoria pediu, como sua pena máxima, sete anos e meio de prisão na pior penitenciária do Estado.

Deste dia em diante, as datas de *shows* marcadas na agenda do cantor foram substituídas por inúmeras audiências judiciais. Em 4 de abril, entrega-se ao FBI acompanhado por seu advogado, sendo solto após pagar a fiança de cinco mil dólares. No decorrer do processo as testemunhas contradiziam-se em seus depoimentos. O clima de absurdo kafkaniano atingiu extremos quando o jovem promotor (que condenava veementemente Jim na tribuna) aproximou-se do cantor num intervalo do processo e, vestindo um ousado terno verde e camisa laranja, embaraçado pediu-lhe um autógrafo em um de seus discos. Ficou claro por meio de sua atitude que, na verdade, lamentava a situação e estava apenas exercendo seu trabalho; pois fora designado pelo Estado para o caso. Mas o ápice dessa farsa se deu dois anos depois, quando um circunspecto juiz Goodman (quem mais insistia no caráter imoral de Morrison) foi preso como corrupto.

A Elektra não estava gostando nada do que acontecia,

Pamela Courson e Morrison, 1968.

pois investira a fabulosa soma de 80 mil dólares na produção do LP *A Soft Parade* (lançado em julho de 1969), cujos dispendiosos arranjos sinfônicos idealizados por Krieger foram recebidos pela unanimidade dos críticos como melosos, piegas e repletos de lugares comuns.

Mas, como o episódio Miami os tornara polêmicos em todo o país, o LP atingiu grandes índices de vendagem e a gravadora decidiu produzir outro para o Natal. Esse novo disco recebeu o nome *Morrison Hotel*, inspirado num pequeno estabelecimento que existe até hoje e foi utilizado nas filmagens de *The Doors*, de Oliver Stone. O vigor de suas faixas que jamais houve crise de criatividade no grupo (mesmo após Miami), e seu lançamento no início de 1970 entusiasmou a crítica que recolocou os Doors no seu merecido lugar.

Morrison, por insistência de Pamela, trocou suas roupas de couro por outras do tipo universitário, que usava no tempo da UCLA. Era preciso recolocar as coisas no lugar e procurava agora fazer o tipo "intelectual", pois acabara de lançar o seu primeiro livro, *The Lords & New Creatures*. O crisol alquímico que descreve nessa obra transformara-o profundamente no espaço de poucos anos: de promissor estudante secundário a marginal residente num armazém abandonado, e dessa condição (em apenas seis meses!) a ídolo mundial do *rock*, decaindo finalmente à irônica realidade de inimigo público nº 1, prestes a ser encarcerado na pior penitenciária da Flórida...

A verdade é que Morrison era um *hardcore* que estava pelo menos vinte anos à frente da ideologia daquele tempo, tanto a do sistema quanto a pseudocontestatória, deslumbrada e pasteurizada que controlava as mentes de milhões do jocosamente chamado "rebanho que saca". Um dos poucos comentários feitos pelo cantor sobre Miami foi o seguinte: "O que mais os revoltou foi tê-los chamado de idiotas. Mas de qualquer maneira, o que faziam eles lá? A idéia básica era mostrar-lhes que não estávamos naquele lugar apenas para ouvir música. Estava-se lá para muita coisa além disso. E também não agüentava mais manter aquela imagem que tinha sido criada em volta de mim. A única obscenidade que conheço é a violência!".

Por incrível que pareça, um dos poucos lugares que não cancelou os concertos foi a Cidade do México. O maior sucesso do grupo por aqueles lados era *The End*. O México foi o único país onde esta longuíssima canção (de forma alguma comercial) tinha estourado como *single*, chegando ao primeiro lugar em vendagem.

Quando Morrison começou a declamar o insólito monólogo:

> Pai!
> Sim, filho?
> Quero te matar.
> Mãe, eu quero...

o silêncio era total no estádio, seguido de uma ensurdecedora aclamação. Após o espetáculo, Jim perguntou a um amigo mexicano qual a razão por tanta admiração à *The End*. "Acho que o México é uma nação edipiana", respondeu ele...

Encontra-se com o antropólogo brasileiro Carlos Castañeda[4] e lhe propõe a filmagem de seu livro *Ensinamentos de Don Juan*, cujo roteiro procuraria abordar a questão do xamanismo de forma radical e realista.

O grupo desloca-se à ilha de Wight, ao norte da Inglaterra, onde se realiza um grande concerto de *rock* com os nomes confirmados de Hendrix, The Who e outros. Apresentam-se às duas da manhã sob frio intenso e péssimas condições de som. Nunca tinham se dado bem ao ar livre e o resultado foi catastrófico. Um crítico inglês definiu a apresentação como

---

[4] Carlos Castañeda é brasileiro, nascido no interior de São Paulo. Radicou-se posteriormente no Peru e na Califórnia, onde doutorou-se em Antropologia.

"o mesmo que ouvir um disco dos Doors num equipamento com defeito". Morrison, nestes dias, participa da gravação de um disco pirata na casa de Robert Plant onde canta ao lado das guitarras de Hendrix e Johnny Winter. Jim parece estar totalmente narcotizado e balbucia palavras sem nexo nesse registro denominado *Sky Hight*.

Bebe cada vez mais e seu corpo começa a ficar totalmente inchado. Vive continuamente num estado de suspensão etílico-heroinado bem definido por suas palavras: "Ninguém tem forças para agüentar as viagens alucinógenas para sempre. Em vez de procurar pensar cada vez mais, tenta-se num segundo estágio anular o pensamento. Entra-se então no reino dos narcóticos, sendo o álcool apenas um deles junto com a heroína e os barbitúricos".

Em 30 de outubro de 1970, o tribunal de Miami julga-o culpado, dando-lhe a pena de sessenta dias por profanação e seis meses por exibição indecorosa, que seriam cumpridos sob a forma de trabalhos forçados na penitenciária de Dade Country, além de 500 dólares de multa. Após a pena, teria ainda pela frente dois anos e quatro meses de condicional. Seu advogado apela e Jim é solto provisoriamente, após pagar a fiança de 50 mil dólares.

A Elektra tem a idéia de utilizar várias gravações ao vivo (detém até hoje grande material inédito) e lançá-las num álbum duplo, o *Absolutely Live*. No fim do ano foi produzido outro disco (para o Natal) contendo seleções dos anteriores, que recebeu o nome de *13*.

Em janeiro de 1971, o estúdio estava preparado para mais uma antológica gravação: recebia, além dos membros do grupo, Jerry Schef, o baixista de Elvis Presley, e Marc Benno na guitarra base. Após as duvidosas experiências orquestrais de *A Soft Parade*, o ideal de todos era tentar reencontrar o ímpeto dos primeiros registros. O clima era de grande apoteose pois o contrato com a Elektra terminara. O disco receberia posteriormente o nome de *L.A. Woman* (*Mulher de Los*

Angeles).

Uma das músicas do LP, *Riders On The Storm* (*Viajantes na tormenta*), foi escrita inspirada no episódio dos índios que tanto emocionara Jim. Entre distantes estrondos de trovões, o piano elétrico de Manzarek emite fluidas gotas cristalinas de puro som mandalizadas num contraponto preciso à reverberação magmática da voz de Morrison. *L.A. Woman* foi gravado em apenas uma semana e recebeu a aclamação unânime dos críticos, após seu lançamento em abril de 1971.

Jim parte para Paris. Mas por que Paris? Talvez por suas leituras que tanto o haviam entusiasmado na adolescência. Rimbaud, Baudelaire, Lautreamont... Começa a escrever freneticamente. Suas relações com Pamela estavam ótimas e resolvem partir para uma viagem idílica pela Espanha e Marrocos. Em Paris, hospedam-se no George V e no discreto L'Hotel, além de terem à disposição o apartamento vazio de um amigo na rua Beautrellis. Raspara a barba e caminhava freqüentemente pelas ruas, visitando sempre o Hotel de Lazun onde Baudelaire se reunia no lendário "Clube de Hashish". Começa a freqüentar o Rock and Roll Circus, local favorito dos *junkies* parisienses. Numa dessas incursões, bebeu até altas horas da noite, quando foi levado até o apartamento de Hervé Muller (que posteriormente traduziria, a pedido de Morrison, os poemas deste para o francês).

É de Muller, amigo de seus últimos dias, o depoimento mais preciso sobre o que aconteceu naquele 2 de julho de 1971.

Jim mais uma vez dirigiu-se ao Rock and Roll Circus, procurando heroína. Existe o relato de um chinês que até detalha a qualidade da substância vendida: era extremamente pura (99%) e o traficante pediu-lhe que fosse devagar ao cheirá-la. Jim começou a beber demais e ao que parece entrou em *over* no banheiro do Circus (esse bar existe até hoje e, por ironia, com o nome de Whiskey a Go-Go). De lá, foi retirado às pressas pelos fundos e transferido, em coma (ou já morto), para o apartamento da rua Beautrellis.

Segundo o relato de Pamela, Jim não estava passando bem há vários dias e, nessa noite, foi tomar banho e teve uma parada cardíaca na banheira, onde morreu entre quatro e cinco da madrugada. A partir deste momento, existe uma conspiração de silêncio: Morrison foi enterrado no Père Lachaise e na verdade ninguém, a não ser Pamela (morta em 1977 de *overdose* de heroína), viu o corpo.

Este mistério vem dando margem a todo tipo de especulações que vão desde a teoria de que ele teria sido envenenado pela CIA (juntamente com Joplin e Hendrix) até a que afirma categoricamente que Jim está vivo morando no Marrocos com outro nome e não quer nem ouvir falar em arte (como Rimbaud).

Sua obra desperta hoje um interesse crescente. Seus livros tornaram-se *best-sellers* e são estudados em universidades. Suas músicas continuam (em CD) cada vez mais atuais e um filme que refaz sua trajetória biográfica, *The Doors*, está atraindo milhões de pessoas em todo o mundo, sendo considerado pouco após o lançamento um campeão de bilheteria. Dirigido pelo grande cineasta Oliver Stone (*Platoon*), traz Val Kilmer no papel principal e conta até com a participação de John Densmore. A trilha sonora, lançada em disco, apresenta uma seleção não muito representativa das músicas dos Doors mixadas com a voz de Kilmer, além de trazer outras faixas como, por exemplo, a antológica *Heroin* de Lou Reed. Manzarek, ao saber do filme, não gostou pois queria ele mesmo rodá-lo e já possuía até um roteiro pronto. Robbie Krieger o achou muito melhor do que esperava e, segundo suas palavras, "receava, pois não tínhamos o menor controle sobre Stone, mas creio que foi melhor assim; antes a visão dele, que é brilhante, do que a de um diretor medíocre". Mas é realmente impressionante a semelhança de Kilmer com Morrison em certas cenas. Numa delas, a câmara sobrepõe a imagem do ator à de Morrison, numa fusão "tautológica".

Segundo o diretor Oliver Stone, o filme utiliza imagens que vão do psicodélico ao infernal e, por meio de um "assalto aos sentidos", refaz a trajetória deste herói mítico de nossos tempos — "parte Dionísio, parte Orfeu, parte Fausto". O último poema de Jim foi encontrado após sua morte, em Paris:

Todo o humano
se esvai
de sua face

logo ela desaparecerá
no calmo
pântano vegetal

Fique!
Meu amor selvagem!

Jim Morrison no Hollywood Bowl, 5 de julho de 1968.

JIM MORRISON
Cronologia

1943 — Nasce em 8 de dezembro, em Melbourne (Flórida), filho do contra-almirante George Steve Morrison, que passava a maior parte do tempo em bases navais distantes.

1949 — Episódio do acidente com o grupo de índios nas Montanhas Rochosas.

1952 — A família Morrison é transferida para Washington e Steve parte para a guerra da Coréia.

1955 — Passam a residir em Albuquerque, no Novo México.

1957 — Fixam-se em Alameda, base aeronaval na baía de São Francisco. Jim, adolescente, começa a interessar-se pela literatura *beat* freqüentando a livraria e editora City Lights, em Los Angeles.

1958 — Em Alexandria (Virgínia) passa a estudar no Liceu George Washington, onde aprofunda seus conhecimentos literários. Blake, Baudelaire, Rimbaud, Nerval, Lautreamont etc.

1964— Matricula-se na UCLA (Universidade da Califórnia), no Departamento de Cinema, onde tem como colega Francis Ford Coppola e como professores Stanley Kramer, Jean Renoir e Josef von Sternberg.

1965— Conhece Pamela Courson. Na praia de Venice encontra casualmente o tecladista Ray Manzarek. Mostra-lhe algumas de suas composições e resolvem fundar o grupo The Doors. Apresentam-se pela primeira vez na UCLA.

1966— Começam a tocar profissionalmente num clube noturno de L.A., o Whiskey a Go-Go. Recebem a visita do diretor da pequena gravadora Elektra, que lhes oferece um contrato de gravação.

1967 — O LP *The Doors* é lançado e atinge grande repercussão tanto de público quanto de crítica. No mês de agosto, o compacto *Light My Fire* chega ao primeiro lugar em vendagem. Apresentam-se por todo o país com enorme sucesso. Em outubro lançam o segundo LP *Strange Days*.

Jim é escolhido como o Homem do Ano pela revista *Time*. É preso em virtude do conturbado concerto de New Haven, tornando-se o primeiro cantor a ser detido no palco, em plena apresentação.

1968— Lançamento do LP *Waiting For The Sun*. Partida para a Europa, onde o grupo toca no Roundhouse de Londres, além das cidades de Frankfurt e Amsterdã. Nesta última, Morrison desmaia embriagado antes do *show*.

Um concerto dos Doors em Phoenix acaba em sete prisões.

1969— Jim radicaliza sua postura, começando a interessar-se pelo método de provocar reações no público utilizado pelo Living Theatre de Julian Beck. Em Miami, desencadeia

Os Doors no intervalo de apresentação em um programa de televisão da PBS, Nova York, 1968.

Durante uma sessão de gravação do LP *L.A. Woman*, além dos Doors, tocam os músicos Jerry Scheff no baixo e Marc Benno na guitarra.

"Tudo o que é desordem, revolta e caos me interessam; e particularmente as atividades que parecem não ter nenhum sentido. Talvez sejam o caminho para a liberdade. A rebelião externa é o único modo de realizar a libertação interior."

o delírio coletivo em mais de 20 mil pessoas com atitudes insólitas, provocando um escândalo nacional. Os concertos do grupo são desmarcados e sofrem boicote nos meios de comunicação. Jim recebe ordem de prisão por atentado à moral em Miami. É estigmatizado como "Rasputin Louco do Rock" por um grande jornal de Miami, e a revista *Rolling Stone* estampa um pôster com sua foto sob o título: "Procurado", no estilo Velho Oeste. Inicia-se o processo em que a promotoria pede a pena máxima: sete anos e meio na pior penitenciária da Flórida.

Publicação do livro *Lords & New Creatures*. Lançamento do LP *A Soft Parade*, mal recebido pela crítica. Tocam na ilha de Wight (Inglaterra) num grande concerto de *rock*. Jim grava um disco pirata com Jimi Hendrix e Johnny Winter (*Sky Hight*). Encontra o antropólogo brasileiro Carlos Castañeda e propõe-lhe a filmagem de *Ensinamentos de Don Juan*.

1970— O LP *Morrison Hotel* é recebido com entusiasmo

pela imprensa e os Doors são recolocados em seu merecido lugar. Jim começa a abusar progressivamente do álcool e da heroína. A Elektra lança o álbum duplo com gravações ao vivo *Absolutely Live* e a coletânea *13*. Tocam em Nova York, Nova Orleans e outras cidades. O livro *An American Prayer* é editado pelo autor com tiragem de 500 exemplares. O tribunal de Miami julga Morrison culpado e lhe dá a pena de oito meses de trabalhos forçados na penitenciária de Dade Country, além de 500 dólares de multa e dois anos e quatro meses de condicional. É solto provisoriamente sob a fiança de 50 mil dólares. Começam a gravar o LP *L.A. Woman*.

1971— Jim parte para Paris. Viaja com Pamela à Espanha e Marrocos. O LP *L.A. Woman* é lançado com sucesso. Começa a freqüentar o bar noturno Rock and Roll Circus, local preferido dos *junkies* parisienses. Na noite de 2 de julho, é visto procurando heroína. Supõe-se que tenha entrado em coma nesse local, por *overdose* de heroína, e morrido no apartamento da rua Bautrellis nesta madrugada, aos 27 anos.

De adolescente bom aluno a marginal da praia de Venice.
De ídolo mundial do *rock* a inimigo número 1.

Auto-retrato de Jim Morrison

Pode-se dizer que é por mero acaso que estou realizando o que faço. Mas, na verdade, sinto-me agora como um arco lentamente tendido por mais de 22 anos que, de repente, arrojou a sua flecha. Em primeiro lugar sou americano, em segundo, californiano e em terceiro, moro em Los Angeles.

Sempre me fascinaram os ideais que pregam a rebelião contra a autoridade. As noções de rompimento e desestabilização da ordem também me seduzem.

Sou sagitariano e nada em astrologia pode-se comparar a este signo: o Centauro, o Arqueiro, o Caçador. Mas o que realmente interessa é que somos os Doors!

Somos do Oeste —
Prioridade nº1: invadir o Leste
O pôr-do-sol — Este é o fim
A noite
O mar

O mundo que estamos propondo consiste num novo tipo de oeste selvagem:

Maligno e sensual.

Estranho e retirado, senda solar. Conhece?

Rumo ao confim — pelo menos, em nosso primeiro disco.

Rondamos o fulcro central do zodíaco.

O pacífico, violência e paz, caminho entre o jovem e o velho.

Dados pessoais

Nome real completo: James Douglas Morrison.

Data e lugar de nascimento: 8 de dezembro de 1943 em Melbourne, Flórida.

Altura, peso, cor dos cabelos e dos olhos: 5'11" (1,80m), 145 Ibs (60 kg), castanhos, azuis acinzentados.

Informações a respeito dos pais: mortos.

Residência: Laurel Canyon, L.A. (bonito lugar)

Educação: St. Petersburg Junior College, Florida State University, UCLA.

Estado civil: solteiro.

Instrumento: voz.

Grupos de rock *favoritos*: Beach Boys, Kinks, Love.

Cantores: Sinatra, Presley.

Ator e atriz: Jack Palance e Sarah Miles.

Programa de televisão: noticiários.

Cor: turquesa.

Comida: carne.

Hobby: corrida de cavalos.

Esporte: natação.

O que lhe atrai numa mulher? cabelo, olhos, voz, modo de andar.

O que gosta de fazer num encontro? conversar.

Planos e ambições: fazer filmes.

(*Fonte*: Material de divulgação — Elektra Records)

Entrevista a Lizze James
(Parte 1 - 1967)

Lizze James — *Acho que os admiradores dos Doors o encaram como um salvador, um líder messiânico que os libertará. O que você acha? Essa não é uma imensa responsabilidade?*

Jim Morrison — Isso é um absurdo. Como se pode libertar alguém que não tem coragem para levantar-se e proclamar sua própria liberdade? Acho que não é nada disso. As pessoas declaram que querem ser livres — todos afirmam categoricamente que a liberdade é o que mais almejam, e que é o bem mais precioso que alguém possa querer. Mas merda! As pessoas temem a liberdade e conservam cuidadosamente suas próprias correntes. Pela segurança... Como podem esperar de mim ou de outro a liberdade?

Lizze James — *Por que acha que as pessoas temem a liberdade?*

Jim Morrison — Penso que as pessoas resistem à liberdade, pois têm medo do desconhecido. Mas aí está grande ironia... O desconhecido já foi certa vez bem conhecido. Nossas mentes já o detiveram... A única solução é confrontá-lo. Confronte-se você mesmo — com o grande medo imaginário. Depois disso, o medo não terá mais poder e o temor à liberdade se desvanecerá por completo.

Lizze James — *O que entende por "liberdade"?*

Jim Morrison — Existem diversos tipos de liberdade, como também milhares de abordagens sobre o assunto... A espécie mais importante de liberdade é aquela que lhe assegura o direito de ser o que realmente é. Seu desempenho na realidade sempre se efetua por meio de um papel a ser representado. Você descarta sua capacidade de sentir e, na verdade, coloca uma máscara. Não se pode efetuar uma revolução em larga escala se não houver primeiramente uma pessoal, individual. A revolução tem de eclodir primeiramente dentro... Você pode não abalar uma pessoa tirando sua liberdade política, mas coibindo sua liberdade de sentir, decerto a destruirá.

Lizze James — *Como as pessoas podem ter forças para recuperar essa liberdade de sentir?*

Jim Morrison — Muitas pessoas cerceiam voluntariamente sua liberdade, mas outras são forçadas a isso. O aprisionamento inicia-se com o nascimento. A sociedade e os pais coíbem a liberdade que nasceu com você. Existem várias maneiras de punir uma pessoa para podar-lhe a sensibilidade. Você observa pessoas que destruíram sua verdadeira natureza. Você imita o que vê.

Lizze James — *Segundo suas palavras, somos defensores e perpetuadores de uma sociedade que cerceia as pessoas de sua liberdade de sentir?*

Jim Morrison — É claro... Professores, líderes religiosos e até amigos, aqueles chamados "amigos", levam o pouco que os pais deixaram. Eles nos impõem sentir apenas o que querem e apenas isso esperam de nós. Querem que desempenhemos o tempo todo para eles. Somos como atores — vagueando por esse mundo como fantasmas... Uma busca sem fim para recuperarmos a imagem semi-esmaecida de nossa realidade perdida. Quando os outros nos obrigam a ser o que querem que sejamos, forçam-nos a destruir o que na verdade somos. É uma forma sutil de assassinato... Os pais mais adorados e parentes próximos cometem esse assassinato com sorrisos nos lábios.

Lizze James — *Você acha que é possível uma pessoa libertar-se sozinha dessas forçais repressivas?*

Jim Morrison — Este tipo de libertação não pode ser concedido. Você deve buscá-lo por si próprio. Se procurar alguém para fazê-lo (alguém que não seja você), estará ainda dependendo dos outros. Estará ainda vulnerável a essas forças repressivas e malignas.

Lizze James — *Mas não seria possível a união das pessoas que almejam a liberdade? A comunhão de suas forças as tornaria muito mais poderosas. Creio que isso é bem viável.*

Jim Morrison — Os amigos podem ajudar-se mutuamente. O verdadeiro amigo é aquele que lhe dá espaço para que possa ser aquilo que você é (ou melhor, aquilo que você sente). Ou não sente. O amor consiste justamente nisso: deixar a pessoa ser o que realmente é... Muitos o amaram por aquilo que pretende ser... Manter essa admiração é manter esse comportamento. Você terá de manter suas pretensões... Na verdade, estamos encalacrados dentro de uma imagem, de um comportamento. Eles crescem atados a essas máscaras. Amam intensamente suas correntes. Esqueceram tudo a respeito daquilo que realmente são. E se você tenta alertá-los, odeiam-no por isso. Pensam que está assaltando seu tesouro mais precioso.

Lizze James — *É lamentável e irônico. Eles não percebem que você está tentando mostrar-lhes o caminho da liberdade?*

Jim Morrison — Muita gente não sabe o que está perdendo. Nossa sociedade supervaloriza o controle, obrigando-nos a ocultar todo tipo de sentimento. Nossa cultura denigre as culturas ditas "primitivas" e se orgulha de suprimir todos os instintos naturais e impulsos.

Lizze James — *Em sua obra poética, transparece sua admiração pelos povos primitivos, principalmente índios. Você acha que o caráter obtuso e destruidor não é inerente à humanidade, mas apenas à nossa sociedade?*

Jim Morrison — Observe como essas culturas vivem: pacificamente, harmonizando-se com a terra, floresta e ani-

mais. Não constroem poderosas engenhocas para atacar outros países que não concordam com seus ideais políticos, nem investem milhões nesse tipo de empresa.

Lizze James — *Vivemos numa sociedade doente.*

Jim Morrison — É verdade... E apesar de estar enferma, não nos damos conta disso. Nossa sociedade tem muito que aprender a valorizar. A liberdade é um item que está no final da lista.

Lizze James — *Mas, como artista, você não pode fazer nada? Se você não se sente como um artista que pode transformar alguém, como continua a cantar?*

Jim Morrison — Ofereço imagens, conjuro memórias da liberdade que podem ainda ser alcançadas. Como os Doors, certo? Mas apenas podemos abrir as portas — não podemos arrastar as pessoas por elas adentro. Somente as libertarei se realmente quiserem — mais do que isso... Talvez os povos primitivos tenham menos merda para se desvencilhar. Uma pessoa tem de voluntariamente abandonar tudo. Toda a merda que lhe foi ensinada — a sociedade é uma lavagem cerebral. Você deve abandonar tudo isso para tentar entrever o outro lado, mas a maioria das pessoas não está disposta.

Entrevista a Lizze James
(Parte 2 - 1969)

Lizze James — *No seu primeiro disco, existe uma visão apocalíptica bem definida — "rompendo através" — uma transcendência. Você crê ainda nisso hoje em dia?*

Jim Morrison — Agora é diferente (pausa). Parece que se torna possível gerar um movimento de pessoas levantando-se juntas num protesto em massa, recusando-se a ser reprimidas, unindo suas forças para romperem aquilo que William Blake denominou "os grilhões que forjou nossa mente"... A época do amor nas ruas é finda. Com certeza, pode-se pensar numa transcendência para eles — mas não no sentido de massa, nem no de uma rebelião geral. É chegada a hora da rebelião individual — cada um por si, como se diz. Salve-se quem puder. A violência nem sempre é má. Porque o mal é a paixão louca unida à violência.

Lizze James — *Mas o que provoca isso?*

Jim Morrison — A energia e os impulsos por muito tempo transformam-se em violência. É normal uma pessoa que fique muito tempo sob pressão tornar-se violenta... Uma pessoa que tenha sido violentamente coibida, experimenta grande prazer agindo violentamente. Essas ações são eventuais e de curta duração, mas denotam uma paixão louca pela violência.

Lizze James — *Mas, na verdade, a causa do mal não é a violência ou a paixão louca por ela, mas as forças repressivas.*

Jim Morrison — Isso é verdade, mas em certos casos a pessoa apaixonada pela violência engendra uma cumplicidade secreta com seus opressores. As pessoas buscam tiranos. Colaboram com eles e os sustentam. Cooperam cumprindo as regras e restrições. Encantam-se com a violência por meio de suas breves rebeliões.

Lizze James — *Mas por que acontece isso?*

Jim Morrison — Talvez pela tradição. Os Estados Unidos foram forjados na violência. Os americanos são atraídos pela violência. Atacam-se entre si para engendrar violência. São hipnotizados pela televisão. A televisão é um campo de força invisível que os protege da realidade. O grande mal do século XX é a incapacidade de sentir. As pessoas adoram televisão, óperas pasteurizadas, cinema, teatro, ídolos da música *pop*, e possuem um forte contingente emocional projetado a símbolos. Mas, no que diz respeito a suas próprias vidas, estão mortas.

Lizze James — *Mas por que fogem de seus próprios sentimentos?*

Jim Morrison — Temem menos a violência que seus próprios sentimentos. A dor solitária, privada e pessoal, é mais assustadora do que qualquer ameaça exterior.

Lizze James — *Realmente, não entendo.*

Jim Morrison — A dor é uma forma de acordarmos. As pessoas tendem a ocultar sua própria dor. Mas estão completamente erradas. A dor é algo que se carrega, como um rádio. Você sente sua força com a experiência da dor. Tudo depende da forma como você a carrega. Isso é o que importa (pausa). Dor é um sentimento — seus sentimentos fazem parte de você. De sua própria realidade. Se você envergonha-se deles e os esconde, estará deixando que a sociedade o destrua. Deve lutar pelo direito de sentir sua própria dor.

Lizze James — *Você considera-se um xamã? Acho que os fanáticos pelos Doors acreditam que você os levará à salvação. Aceita isso?*

Jim Morrison — Não estou certo se é salvação que buscam, ou se é a mim que procuram para isso. O xamã é um curandeiro — um médico paranormal. Não sei se é isso que buscam em mim. Não me vejo como um salvador.

Lizze James — *O que buscam em você, então?*

Jim Morrison — O xamã é como um canal de escape. Penso na atividade do artista ou do xamã como canal de escape. As pessoas projetam sobre ele suas fantasias e elas se tornam reais. As pessoas destroem suas fantasias destruindo-o. Obedeço os impulsos, todos os têm, mas não permitirei isso. Atacando-me, punindo-me, liberam-se de seus impulsos.

Lizze James — *É isso que você dizia há alguns momentos, que as pessoas projetam muitas emoções selvagens nos símbolos, principalmente nos astros da música* pop*?*

Jim Morrison — Isso mesmo. As pessoas temem-se a si mesmas. Temem sua própria realidade e seus sentimentos, acima de tudo. Fazem verdadeiras apologias ao amor, mas é tudo conversa fiada. O amor fere. Os sentimentos incomodam. Ensina-se que a dor é má e perigosa. Como podem amar se têm medo de sentir?

Lizze James — *Por isso você diz: "Único amigo, o fim...?"*

Jim Morrison — Às vezes, a dor é demasiada para ser analisada ou tolerada. Não engendra o mal, mas é encarada perigosamente. Temem mais a morte que a dor. É estranho mas têm medo da morte. A vida fere muito mais que a morte. Com a morte, finda-se a dor. Sim, penso-a como amiga.

Lizze James — *As pessoas encaram o sexo como grande libertador — a suprema liberação. Em muitas canções você não aponta o sexo como um caminho libertário?*

Jim Morrison — O sexo pode ser um libertador. Mas pode também ser um empecilho.

Lizze James — *Onde está a diferença?*

Jim Morrison — Depende de como as pessoas "escutam" seu corpo por meio de sua sensibilidade. Muita gente anda tão ocupada que não consegue mais sentir.

Lizze James — *O sexo não é uma forma de amplificar os sentimentos?*

Jim Morrison — O sexo está repleto de mentiras. O corpo tenta revelar a verdade. Mas está tão emaranhado em regras que dificilmente conseguimos escutá-lo. Atamo-nos fortemente com mentiras.

Lizze James — *Como podemos romper com as regras e mentiras?*

Jim Morrison — Escutando nosso corpo e abrindo nossos sentidos. William Blake disse que o corpo é a prisão da mente até que os cinco sentidos estejam desenvolvidos e abertos. Considerava os sentidos como "janelas da mente". "Quando o sexo envolve todos os sentidos, torna-se uma experiência mística..."

Lizze James — *Em muitas de suas músicas você coloca o sexo como um meio de escape, um refúgio, um santuário, posso citar* Crystal Ship, Soft Parade *e* Soul Kitchen. *Sempre fui fascinado por suas analogias entre sexo e morte,* Moonlight Drive *é um ótimo exemplo. Mas isso não denota uma rejeição ao corpo?*

Jim Morrison — Não é uma oposição. Se você rejeita seu corpo, ele se tornará uma prisão. É um paradoxo. Deve-se transcender as limitações do corpo, imergir totalmente nele abrindo-se todos os sentidos... É muito difícil aceitar o corpo totalmente. Nos ensinaram que o corpo deve ser controlado, dominado, um processo que classifica como sujo o ato de urinar e defecar... Os comportamentos puritanos morrem muito lentamente. Como o sexo pode libertá-lo se você não quer tocar o corpo e tenta escapar dele?

A timidez e a paixão pela literatura foram traços marcantes da personalidade de Morrison.

Entrevista à Danny Sugerman

Danny Sugerman — *Como é ser símbolo sexual?*

Jim Morrison — Por algum motivo, não estou verdadeiramente convencido disso. Certas regras arquetípicas existem na sociedade humana. Essa sociedade procura deglutir e penso que esse é precisamente o tipo de assunto oportuno para isso. De qualquer maneira, os únicos lugares onde tal coisa é tomada a sério são algumas revistas e os jornais.

Danny Sugerman — *E a propósito de você ser aclamado como "rei do rock orgástico?"*

Jim Morrison — Considero esta uma grande homenagem. A música é muito erótica. Uma de suas funções consiste em purgação catártica das emoções. Chamar nossa música de orgástica é o mesmo que dizer que somos capazes de levar as pessoas a um tipo de orgasmo emocional, por meio das letras e do som.

O concerto "detona" quando os músicos e o público fundem-se, experimentando uma intensa forma de união. É aterrador e gratificante saber que as cadeias que separam as pessoas umas das outras são desmanteladas no espaço de uma hora.

Entrevista a John Carpenter, *Los Angeles Free Press* (1968)

John Carpenter — *De onde saiu aquela capa do* Strange Days*?*

Jim Morrison — Detestei a capa do nosso primeiro LP. Então falei: "Não quero sair na capa do próximo. Qual o problema? Coloquem nela uma galinha ou qualquer outra coisa, um dente de leão ou um desenho qualquer". Quando o título *Strange Days* surgiu, todos começaram a comentar: por causa destes dias estranhos é que tínhamos chegado onde estávamos. Essa era a verdade.

Originalmente, eu queria todo o grupo cercado por trinta cães, mas a idéia foi impraticável. Todos disseram: "Por que quer os cães?" Respondi que se tratava de uma metáfora, pois a palavra cão (*dog*) é o reverso da de Deus (*God*). (*Risos*) Finalmente, levamos o problema ao diretor de arte e ao fotógrafo. Precisávamos de monstros autênticos, e os encontramos num bizarro parque de diversões, numa performance de um *show* burlesco.

Parecia algo europeu, e bem melhor que nossas caras de merda!

John Carpenter — *Vocês tocam apenas nos fins de semana?*

Jim Morrison — Não, trabalhamos direto. Muito mais que todos pensam. Após o Bowl vamos ao Texas, Vancouver, Seattle, Costa Leste, Montreal, e blá, blá, blá... Após as três primeiras semanas de agosto, que passaremos filmando, iremos para a Europa. É um trabalho e tanto!

John Carpenter — *Continua lendo muito?*

Jim Morrison — Não como outrora. Deixei de ser também um escritor prolífico. Quando, algum tempo atrás, morava numa construção abandonada, dormindo no forro,

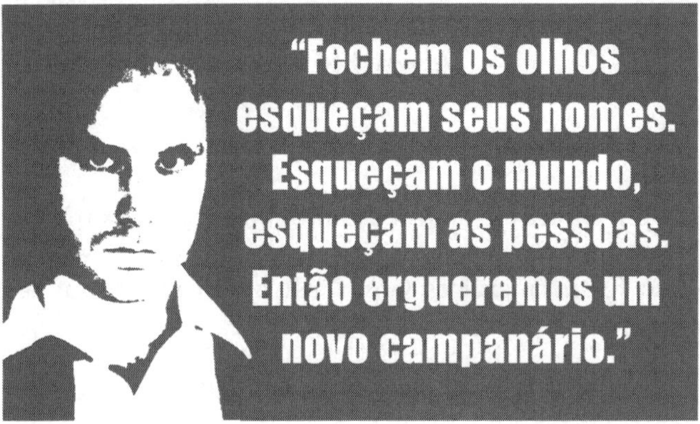

você conhece a história (*risos*), joguei fora meu caderno de anotações que tinha desde os tempos da High School e muitos versos se foram. A maior parte deles era sobre a Lua, mas não me recordo bem.

Tento colocar as palavras de forma que segurem a melodia. A maior parte das pessoas não sabe, mas componho as melodias muito depois, e as palavras que não se encaixam são abandonadas (digo: "Por que não consegui?") e se vão, permanecendo apenas delas uma vaga idéia. Nesta época, quando escutava uma melodia, era como uma performance totalizante, única. A canção fundia-se ao público, aos músicos e ao cantor. Tudo. Era como a previsão do futuro. Estava tudo lá.

Entrevista a Mike Grant, *Rave* (1968)

Mike Grant — *O que achou do público londrino do Roundhouse?*

Jim Morrison — Um dos melhores que encontramos. Nos estimularam e fomos até as raízes. Tudo que posso dizer é isso: foram fantásticos. Gostei mais desse concerto que dos outros que há anos fazemos.

Mike Grant — *Qual é a importância do sexo em suas performances nos concertos?*

Jim Morrison — O sexo é apenas uma parte de minha performance. Existem milhares de outros fatores. É decerto importante, mas não creio que seja a coisa principal. Evidentemente é uma das bases naturais da música. Não pode ser separado.

Mike Grant — *Qual a importância da política em suas letras?*

Jim Morrison — Não creio que a política seja um tema de peso em minhas canções. Apenas aparece prioritariamente em algumas delas, mas como um tema de menor destaque. Política é a interação entre as pessoas e, realmente, não podemos separá-la de nada.

Mike Grant — *Recebeu alguma influência dos pioneiros do rock: Little Richard, Jerry Lee Lewis, Fats Domino, Gene Vincent e Elvis Presley?*

Jim Morrison — Recebi evidentemente uma influência, porque os ouvia o tempo todo na minha infância.

Mike Grant — *Existe alguma coisa em comum entre você e Mick Jagger?*

Jim Morrison — Geralmente, as comparações são sempre lamentáveis. (*Após longa pausa e com os olhos fechados, comentou.*) O que você acha?

Mike Grant — *Mas não pode mesmo me dizer?*

Jim Morrison — Esta é uma questão retórica que merece uma resposta retórica. Prefiro que me pergunte se observei bem minha palma esquerda.

Mike Grant — *Os admiradores dos Doors costumam procurá-lo para tentar receber alguma orientação de vida?*

Jim Morrison — Recebo cartas realmente incríveis. Mas com elas aprendo mais como viver do que poderia tentar ensinar. Nossos fãs são sensíveis e muito inteligentes.

Mike Grant — *Pode descrever-me suas performances no palco? Seriam elas inspiradas por uma força demoníaca?*

Jim Morrison — Prefiro a expressão "força primal". No início de minha carreira, eu era menos teatral, menos artificial. Mas agora as platéias cresceram muito, e no momento em que me torno um minúsculo ponto no centro de um estádio, tenho de maquiar para suprir esta falta de intimidade com o público.

Entrevista a Salli Stevenson (1970)

Salli Stevenson — *Você possui uma serpente de estimação?*
Jim Morrison — Não.

Salli Stevenson — *Então você está perdendo algo de fantástico.*

Jim Morrison — Eu gosto de lagartos... Serpentes são belas mas você realmente não consegue nem chegar perto. Elas me deixam nervoso.

Salli Stevenson — *Como você estava quando entrou no tribunal parar ser julgado?*

Jim Morrison — Penso que me desvencilhei de uma imagem que havia sido criada em torno de mim e com a qual inconsciente ou bem conscientemente colaborei. Era demais para meu estômago e decidi numa noite acabar com tudo aquilo.

Salli Stevenson — *Mas no que deu sua atitude?*

Jim Morrison — Bem, estive no tribunal durante seis semanas. Foi interessante e acho que o impacto de minha contravenção já se esvaiu. Estou ainda sob julgamento que poderá levar-me à cadeia por oito meses. Mas eu afirmo... Admito a culpa de profanação pública, mas considero-me inocente da acusação de exibição, e irei até o fim, até provar toda a verdade. E isso poderá levar um ou dois anos.

Salli Stevenson — *Mas o que você fez exatamente naquela "noite gloriosa"?*

Jim Morrison — Basicamente, penso que o escândalo foi mais político que sexual. Acho que o aspecto sexual foi mais frisado, pois não querem levantar a dimensão política do que têm contra mim. Era tudo muito amorfo.

Na verdade, penso que era um estilo de vida que estava em julgamento, muito mais do que o evento do concerto. Acho que o que mais os irritou foi o fato de tê-los chamado de *fucking* idiotas, você sabe. Mas o que estávamos fazendo lá?... Penso que a mensagem básica era mostrar que não estávamos lá apenas para escutar algumas músicas agradáveis executadas por bons músicos, mas estávamos naquele lugar para muito além disso, e você deve admitir isso.

Salli Stevenson — *Muita gente está dizendo que vocês decaíram.*

Jim Morrison — Nossa música esta cada vez melhor, mais profissional, mais interessante, mas acho que as pessoas estão ressentidas pelo fato de que... Bem, há três anos vivenciamos um renascimento do espírito, da emoção e do sentimento revolucionário. Mas as coisas não mudam da noite para o dia. Penso que as pessoas incomodam-se com o fato de fazermos outras coisas além da boa música.

Salli Stevenson — *Você se considera um herói ou um ídolo?*

Jim Morrison — O herói é aquele que se rebela contra os fatos da existência e os vence. Mas, obviamente, apenas o consegue em alguns momentos. Pode ser a última coisa. Mas isso não quer dizer que as pessoas não devem também tentar rebelar-se contra esses fatos. Quem sabe algum dia possamos conquistar a morte, doenças e a guerra?

Salli Stevenson — *Você é um herói?*

Jim Morrison — Vejo-me como uma pessoa inteligente, sensível, com a alma de palhaço que me impele a mandar tudo pelos ares nos momentos mais importantes.

Salli Stevenson — *Se você pudesse hoje escolher, o que acharia mais importante: ser o Jim Morrison dos Doors ou tentar a carreira de cineasta?*

Jim Morrison — Não posso negar que nestes três ou quatro anos passei ótimos momentos e conheci mais gente interessante que nos últimos vinte anos de existência. Mas não me arrependo. Mas se começasse tudo de novo, procuraria vivenciar a quietude do pequeno e incólume artista, caminhando por sua bucólica vereda.

Salli Stevenson — *O que está acontecendo com a música? Falo isso após a morte de Janis Joplin e Jimi Hendrix. Para onde acha que a música está indo e por que acha que eles se imolaram?*

Jim Morrison — Suponho que a grande explosão de energia que aconteceu há três ou quatro anos foi difícil de manter e, para os sensitivos, foi difícil suportar tudo isso; acho que eles ficaram insatisfeitos com tudo que não fosse "o máximo". Quando a realidade cessou de preencher com aquele vasto fluxo seus mundos interiores, talvez tenham entrado em depressão, mas... esta não é minha visão ou teoria sobre o motivo de suas mortes.

Salli Stevenson — *Qual é então sua teoria?*

Jim Morrison — Eles... Poderia talvez ter sido acidente, suicídio ou mais precisamente... assassinato[1]. Existem várias maneiras de morrer. Realmente não sei.

Salli Stevenson — *Como acha que morrerá?*

Jim Morrison — Aos 120 anos, com muito senso de humor, numa cama bem confortável. Não quero mais que isso. Almejarei apenas um suave e quieto devaneio, mas... Creio que a ciência ainda poderá, em tempo, conquistar a morte. Isso é realmente viável.

---

[1] Muitos até agora não engoliram as mortes, em intervalos de tempo extremamente curtos, de Morrison, Janis Joplin e Hendrix. Desconfia-se que eles tenham sido envenenados pela CIA.

Salli Stevenson — *E o que acontecerá ao mundo espiritual?*

Jim Morrison — Terão de arrumar-se por si próprios. Deixar-nos, pobres mortais, ao nosso destino.

Salli Stevenson — *E sobre os Estados Unidos, para onde vamos?*

Jim Morrison — Não consigo decidir se torno-me um cidadão do mundo ou me identifico com um país específico. Mas não existe escolha: aqui é a arena do mundo, o centro das ações é aqui. Será preciso a existência de pessoas com fluido muito forte para resistir num clima como o nosso, mas creio que o farão.

Salli Stevenson — *Como é este clima na sua opinião?*

Jim Morrison — Penso que para muitas pessoas, principalmente os habitantes das grandes cidades, é um estado de paranóia constante. Paranóia é definida como um medo irracional. Você é controlado a cada segundo.

Salli Stevenson — *Se for preso por oito meses, o que fará o resto do grupo neste período?*

Jim Morrison — Isso você deverá perguntar a eles. Creio que irão elaborar um som instrumental que não necessite de letras, que na verdade não são necessárias na música.

Salli Stevenson — *Se a sentença for dada, você irá imediatamente para a prisão ou tentará comutá-la em multa? O que fará?*

Jim Morrison — O máximo que pode me acontecer é pegar oito meses de cadeia e também uma multa. Mas seja qual for a sentença, apelarei à Suprema Corte. Não irei imediatamente à prisão.

Salli Stevenson — *Espero que nada aconteça e que saia livre.*

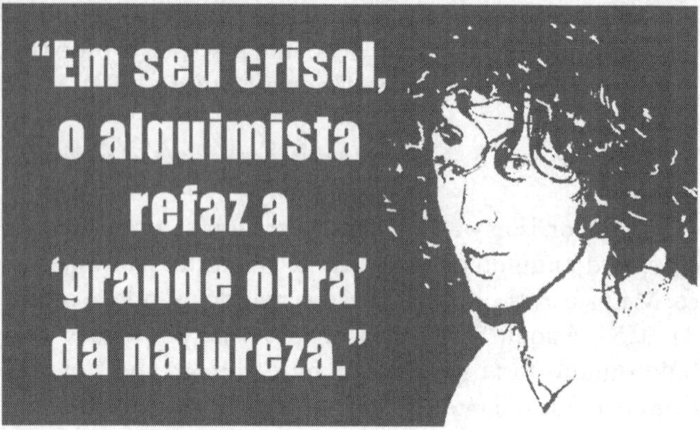

Jim Morrison — Eu também.

Salli Stevenson — *E sobre a polícia?*

Jim Morrison — A polícia em cada cidade é diferente. Os guardas de L.A. diferem de todos deste país. São idealistas e acreditam na retidão de seu empenho, de sua profissão. Possuem sua própria teoria a despeito da tirania que os cerca. Enquanto nos demais lugares a polícia apenas cumpre seu serviço, em L.A. podemos observar um verdadeiro senso de retidão no que fazem.

Salli Stevenson — *O que acha de grupos como Stones e Alice Cooper?*

Jim Morrison — Gosto de pessoas que gostam de sacudir o público e deixá-lo numa posição desconfortável. Um jovem amigo meu, Iggy, é demais.

Salli Stevenson — *Mas não teria sido exatamente isso que a imprensa fez com você, tornando-o, aos olhos de todos, um terremoto que choca as pessoas?*

Jim Morrison — A imprensa sempre faz isso.

Salli Stevenson — *Mas isso refere-se mais à imagem do que, à pessoa que está agindo.*

Jim Morrison — Atualmente, gosto de tudo o que leio. Claro que me refiro ao que escrevem sobre mim. Estamos sempre mais interessado em nós mesmos e nas pessoas que nos cercam. Mas a imprensa concentrou-se demasiadamente nos meus genitais e esqueceu-se de que, além de ser um saudável macho jovem, com braços, pernas, tórax, olhos e nariz, tinha também um cerebelo... E mesmo equipado completamente com a cabeça, existem ainda outras coisas além. É isso que penso...

Salli Stevenson — *A sensibilidade.*

Jim Morrison — O equipamento completo.

Salli Stevenson — *Qual sua opinião sobre o amor?*

Jim Morrison — Bem. O amor é um punhado de estratagemas que possuímos para preencher o vão da vacuidade. Tenho dito.

Entrevista a Bob Choruch, *Los Angeles Free Press* (1971)

Jim Morrison — Já gastei muito tempo e energia neste julgamento de Miami. Mais de um ano e meio. Mas acho que foi uma experiência que valeu para alguma coisa, pois antes dele mantinha uma atitude de garoto de escola perante o sistema judiciário americano (teria eu ouvido americano com "k"?). Meus olhos abriram-se um pouco mais. Encontrei vários jovens negros naquele lugar. Eram julgados durante vinte e cinco minutos e pegavam vinte ou vinte e cinco anos de cana. Se não tivesse muito dinheiro e uma conta sem limites, já estaria na cadeia condenado a três anos sem apelação. Geralmente, se você tem dinheiro, você não é nem preso. O tribunal de Miami levou ao chão várias coisas para mim. Agora estou apelando à Suprema Corte.

Chorush — *Que fim levaram os processos e acusações anteriores, nos quais você estava envolvido?*

Jim Morrison — Fui absolvido de todos. Tivemos de acabar com eles, pois neste momento não é nada bom ter algo assim na ficha.

Chorush — *Você, nesta altura, ainda se preocupa com sua ficha policial?*

Jim Morrison — Se lhe acontece algo sério e você não tem sua ficha limpa, então a situação pode realmente complicar-se.

Chorush — *Me parece que eles querem te pegar. Pesa sobre você também uma acusação de provocar distúrbio num avião, não é?*

Jim Morrison — Vivemos sob uma lei criada em função do distúrbio, mas não foi, no meu caso, exatamente isso que aconteceu. Tudo não passou de uma forma um tanto exuberante de procedimento. Não foi nada de ameaça à segurança, ou algo assim.

Fui absolvido porque, na verdade, as comissárias me confundiram com alguém parecido comigo. Elas se basearam no número da poltrona. Diziam que o causador de toda a celeuma era o ocupante de tal assento. Me identificaram pelo número e tentaram me prender, pois era o único que tinha um rosto conhecido. Acho que essa é uma boa amostra do tipo de gente que pode ser encontrada nos aviões.

O problema das acusações desse nível é que as pessoas que conheço (inclusive aquelas de que gosto) as acham engraçadas, as aceitam e acabam por acreditarem inteiramente nelas. E as que não gostam de mim também as acatam e me tomam pela encarnação de tudo que existe de pior. Me dou mal em ambos os casos. Fui a julgamento em Phoenix. Tive de aturar diversas audiências para esclarecer a questão.

Chorush — *Que chances acha que tem em Miami? Resta-lhe agora apenas uma acusação de delito.*

Jim Morrison — Dois delitos. Sendo otimista, penso que tenho alguma chance. Mas nada foi provado além do ato de profanação, que assumimos desde o primeiro momento. Tentaremos agora provar que esta profanação não feriu os parâmetros de comportamento dos padrões de Miami. Levaremos ao júri filmes como *Woodstock*. A peça *Hair* está em cartaz nesta cidade e nela existem cenas de nudismo abertas aos jovens de qualquer idade. E por que não citar os livros pornográficos que podem ser encontrados em qualquer biblioteca de High School? Mas o júri recusa-se a fazer qualquer investigação nesse sentido, limitando-se apenas às ações criminais. Arrumaram trinta testemunhas. Todas são ligadas direta ou indiretamente à polícia (policiais que estavam no local e seus parentes). A testemunha de acusação mais importante é uma jovem de dezesseis anos, sobrinha de um oficial de polícia que permitiu-lhe gratuitamente a entrada. Todos os testemunhos foram desencontrados e contraditórios. Cada uma delas contou uma versão diferente do que viu.

Chorush — *Ouvi falar que essa moça chamou alguém de "putinha".*

Jim Morrison — Eu não ouvi, embora seja o que todos dizem. Na verdade, existem milhares de fotos tiradas por muitos que estavam lá, e em nenhuma delas aparece a tal exposição, ou nada semelhante. Colocaram outras acusações no processo para dar-lhe um ar de maior seriedade. Masturbação simulada e copulação oral.

Chorush — *Com você mesmo?*

Jim Morrison — Masturbação comigo mesmo e copulação oral com o guitarrista. Existe uma foto que documenta esta felação na capa interna do LP *13*.

Chorush — *E a respeito daquela cabeça de cordeiro que você segurava nesse concerto?*

Jim Morrison — Não, era um cordeiro mesmo. Estava lá Lewis Marvin de Moonfire. Essa figura percorre o país carregando esse cordeirinho, para demonstrar seus princípios. No meio do *show*, ele me entregou o pequeno animal. Achei interessante a performance de entrar no palco com ele. Havia muito barulho e emoção. No meio daquela balbúrdia, ele estava tranqüilo e respirava normalmente. Ficou tão relaxado que descobri que o que dizem a respeito dos cordeiros é realmente verdade. Entretanto, as testemunhas de defesa foram limitadas ao número idêntico às pedidas pela promotoria.

Chorush — *Acha que milhares de testemunhas a seu favor o ajudariam?*

Jim Morrison — Isso seria tão bom quanto o vinho de uvas. Teríamos mais de trezentas pessoas que estiveram lá e

Jim em uma apresentação no Felt Forum,
Nova York, janeiro de 1970.

não presenciaram nada dos incidentes alegados. O que aconteceu de fato foi um escândalo promovido principalmente pela imprensa local, que levou milhares de cidadãos a revoltarem-se ao ponto de muitos chamarem a polícia para perguntar a razão pela qual o concerto não foi interrompido antes, e por que eu não tinha sido preso. Fui para Jamaica e três dias depois foi emitido um mandado de prisão contra mim. Pode imaginar como isso começou...

Pude viajar apenas à ilha de Wight. Mesmo assim tivemos de voltar no dia seguinte, pois não sabíamos se uma audiência poderia ser marcada de repente...

Chorush — *Essas audiências são marcadas em espaços de tempo irregulares, não são?*

Jim Morrison — Sim, e mudam constantemente. Nunca sabemos. Precisamos dos fins de semana para descansar e isso é odioso.

Chorush — *Acha que querem pegar você ou seu estilo de vida?*

Jim Morrison — Certamente é o meu estilo de vida que querem. Não penso que seja algo pessoal contra mim. É como dormir ao lado de um vespeiro. Não se sabe nunca se a reação do júri será receptiva ou não. Os espectadores parecem se divertir com a coisa. Um clima de histeria coletiva foi detonado pela imprensa que distorceu os fatos. Poucas semanas após o concerto, iniciou-se uma "Cruzada pela decência" que contou até com a participação de um comediante muito famoso.

Chorush — *Bem conhecido por sua decência.*

Jim Morrison — Certo. E outro também conhecido pela sua grande decência, o presidente Richard Nixon, congratulou pessoalmente a criança que deu o primeiro passo nessa passeata. Querem outras por todo o país.

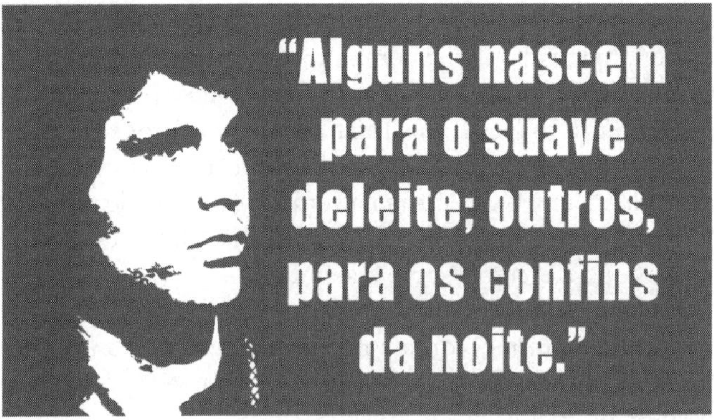

Chorush — *Você se sente impedido de se defender no processo, da mesma forma como Manson se sentiu?*

Jim Morrison — Sim, sinto-me como um espectador; mas não pensaria em defender-me eu mesmo, pois arruinaria tudo na primeira ofensa que faria. Realmente, não é fácil.

Chorush — *Chegou a dar seu testemunho?*

Jim Morrison — Não era obrigado a testemunhar, mas achei bom; pois essa era a melhor maneira de o júri conhecer-me verdadeiramente. Uma das funções do julgamento é confundir as coisas a tal ponto que você não sabe mais o que pensar. Esta é a forma que a sociedade utiliza para assimilar um evento horrível.

Chorush — *Pretende continuar a fazer filmes?*

Jim Morrison — Sim, mas não tenho nenhuma pressa.

Chorush — *Me interessou muito algo que você diz no livro* The Lords*: "O apelo do cinema reside no medo da morte", poderia explicar isso?*

Jim Morrison — Não falo em arte em geral, mas refiro-me principalmente aos filmes. As pessoas têm de confirmar suas próprias existências. Muitas coisas tornam-se mais reais se são fotografadas e criam uma aura de vida na tela. Mas esses pequenos aforismos que estão em *The Lords*, se pudesse dizê-los de outra maneira, eu diria. Seriam mutilados. Não os tomei muito a sério. Escrevi a maior parte deles quando estudava cinema na UCLA. Era na verdade uma tese de estética. Não estava preparado naquela época para fazer filmes, porém o estava para escrever sobre o assunto.

Muitas passagens (principalmente aquelas que dizem respeito ao xamanismo) tornaram-se proféticas alguns anos mais tarde. Não tinha a menor idéia sobre o que estava dizendo quando os criei.

Chorush — *No final de* The Lords*, você define os Lords como pessoas que controlam as artes.*

Jim Morrison — É estranho, mas de certa forma foi isso que pensei. Não necessariamente detêm o controle das artes. Esse livro está repleto do sentimento de falta de poder e de auxílio que têm as pessoas frente à realidade. Não têm o poder de controle sobre os eventos ou suas próprias vidas. Alguém sempre os está controlando. A realidade mais próxima a que têm acesso é um aparelho de televisão. Quando criei a noção de Lords pensei na oposição total a isso. Para mim, os Lords representam algo completamente diferente. Não posso explicar. Os Lords são uma raça romântica de pessoas que encontraram um meio de direcionar seu comportamento e suas próprias vidas. São totalmente diferentes das demais pessoas.

Chorush — *"As novas criaturas". Existem muitas criaturas com as quais você se identifica: lagartos, cobras e répteis. Faz parte de sua reputação? O Rei Lagarto. Como isso começou?*

Jim Morrison — Tive um livro sobre cobras e répteis que se iniciava com a seguinte sentença: "Répteis são descendentes interessantes de magníficos ancestrais." Outra coisa que me fascina neles é seu completo anacronismo em termos de história natural. Se todos os répteis desaparecessem amanhã, isto não abalaria em nada o equilíbrio ecológico. São uma espécie completamente arbitrária. Penso que eles poderão resistir a outra guerra mundial ou a um envenenamento total do planeta. Os répteis encontrarão um caminho para isso.

Chorush — *Isso se relaciona perfeitamente às suas idéias?*

Jim Morrison — Não podemos esquecer que os répteis são associados ao inconsciente e às forças do mal. O poema "Celebração do Lagarto" é uma longa evocação às forças da treva. Mas não tome isso a sério. São apenas palavras e as pessoas não as interpretam desse modo. Se você faz o papel de vilão num *western*, não significa necessariamente que esse é o seu caráter. É apenas um aspecto humano que quer representar. Não estou afirmando nada seriamente, apenas tento ser um pouco irônico.

Mas adoro os répteis. Cresci no Sul e habituei-me a caçar lagartos e sapos com chifres. Mas jamais consegui me aproximar das cobras. Nem consigo pegá-las com a mão. Existe algo muito profundo na mente humana que se relaciona com elas. Representam tudo o que mais tememos. Suas peles são esplêndidas e talvez por isso nos atraiam tanto.

Chorush — *E sua fama de beberrão?*

Jim Morrison — (*Longa pausa)* Passei por um período em que bebia demais. Estava sendo muito pressionado e não podia lutar contra isso. Acho que a bebida é um meio de lutar contra o aborrecimento. Conheço muitas pessoas que bebem porque estão entediadas. Gosto de beber. Estimula a conversação. E nunca se sabe se no dia seguinte vai-se trabalhar bem ou ser um desastre. É como um jogo de dados.

Muitas pessoas também jogam. Detesto a conotação sexual dos jogos e nunca os pratico. Gosto do álcool, pois pode-se ficar encostado em qualquer canto do bar ou numa mesa.

As pessoas estão fumando muito e cada vez mais constantemente. Não é mais uma viagem. Penso que engendraram uma tolerância celular para a erva. Tornou-se parte de sua química fisiológica. Não estão realmente narcotizadas.

Artigo publicado na revista *Eye*

Procurava expor-se, vivendo o horror de ter de manter um mito frente a um bilhão de olhos vítreos, gázeos e impiedosos. Saindo do avião foi até a cerca de arame, contrariando os conselhos de seus agentes, para tocar as mãos dos fãs. Permaneceram tocando-o para satisfazer seu desejo de admirá-lo num ritual de adoração ou beligerância. Tinha a consciência permanente e inexprimível de que seu corpo tornava-se um alvo público a cada segundo. Indiferente ao ataque assassino das feras, nervos novos e sensitivos floresceram no jardim das vértebras de sua nuca. Comentava-se que quando olhava as pessoas desnudava-lhes o crânio. Naturalmente. Os sorrisos gentis dos admiradores freqüentemente guardam a morte por detrás dos dentes felinos.

Nem paranóia ou indiferença à sepultura, mas uma consciência sutil e sensual da violência num eterno presente.

Ciclopes — Pessoas que, como os lagartos pré-históricos, possuem no interior do crânio uma jóia. Denominada "glândula pineal", ela situa-se no cérebro, na juntura dos dois hemisférios do cerebelo. Em alguns, esse terceiro olho é sensível à luz.

O olho resiste à análise dissecante. Antes de tudo devemos pensar nos olhos como dois glóbulos moles flutuando suspensos no osso.

As impressões me observam.

Pergunte a qualquer um qual o sentido que gostaria de

manter, caso perdesse os outros. A maioria responderá: a vista, abdicando de um milhão de olhos corpóreos pelos dois que têm no crânio. Cegos talvez pudéssemos desvendar a sabedoria. Sem tato, nos transformaríamos em pedaços de madeira.

O olho é uma boca faminta
Que se alimenta do mundo

Arquiteto de mundos imagéticos
em luta com o real

Existem dois planetas geminados
em luta com o real

O olho é Deus. É o mundo
pois tem seu próprio equador

Arranque o olho de um animal e o disponha frente a um objeto claro e translúcido, uma janela diante do céu. O contorno dessa imagem ficará gravada em sua retina, visível a olho nu. Esse olho dissecado é uma câmara primitiva e a púrpura retiniana age como emulsão.

Kuhne,[2] após seus ótimos resultados obtidos com coelhos, foi presenteado com a cabeça de um guilhotinado. O olho deste foi extraído e fendido na transversal. A operação foi realizada numa sala especial vermelha e amarela. A retina do olho esquerdo revelou uma imagem real, embora ambígua e impossível de apresentar definição. Ele passou os anos seguintes tentando entender essa experiência, a natureza exata do objeto.

---

[2] Wilhelm Kuhne, fisiólogo alemão do século XIX que fez importantes descobertas nos campos da química da digestão e da fisiologia dos nervos e músculos.

As janelas são os olhos da casa. Espreite fora da prisão de seu corpo enquanto os outros observam seu interior. Nunca o trafego é em sentido único. "Ver" implica sempre uma violação da privacidade. Enquanto os olhos nos fazem vislumbrar a imensidão do mundo exterior, nossos infinitos espaços internos são desvelados pelos outros.

Que fazem os olhos durante o sono? Movem-se como espectadores de teatro.

As pupilas dilatam-se nos estados anormais: drogas, loucura, embriaguez, paralisia, exaustão, hipnose, vertigem, excitação sexual. O olho desvela seu oceano após ter-se esvaído o conceito de oceano.

Enkidu[3] era um selvagem, um animal entre animais. Certa vez uma mulher desnudou-se frente a ele num lago. Deste dia em diante, ele deixou-se levar pelas artes da civilização.

A escolha do par começa com a atração visual. Nem o olfato, ritmo ou pele; é errado pensar que o olho acaricia a mulher. Ela é constituída de luz ou de pele? Sua imagem no olho nunca é real; é gravada verdadeiramente na ponta dos dedos.

Na *Ars Magna*, a "*Grande obra*", o alquimista engendra o mundo em seu crisol.

Os olhos são genitais da percepção, e também instauram sua tirania. Usurpam a autoridade dos outros sentidos. O corpo torna-se o tênue caule que serve de suporte para suas órbitas.

Com que direito os olhos são denominados "janelas da alma" e "claves mais profundas da comunicação", enquanto o tato é relegado ao plano dos vagos toques carnais?

O corpo não é a casa.
É o interior da casa.

---

[3] Enkidu, herói mítico que aparece na Epopéia Gilgamesh (2000 a. C.) na Suméria (hoje Iraque) como companheiro de Gilgamesh.

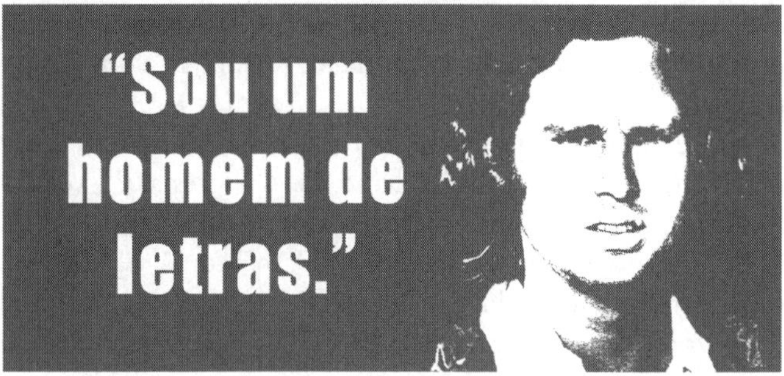

Os cegos copulam com os
olhos da pele

O olho é a "luz em repouso"

Criamos luz no olho?
É luz nossa ou do universo?

Na mitologia egípcia, o olho é
o símbolo de Osíris, Hórus e
do deus solar Ra.

Ptah gerou os homens pela
boca, e os deuses pelos olhos.

A cidade-templo de Brac (3000 a.C.), foram descobertas milhares de pequenas cabeças feitas de alabastro, sem nariz, boca ou orelhas mas com olhos bem pintados e esculpidos. Denominado "Templo do olho", guardava-as como oferendas às divindades.

Édipo. Realidade dos seios nus. O corpo. Olhou para o que jamais deveria ter olhado. Olhos arrancados com um broche retirado das vestes de Jocasta morta.

Punir os olhos. Seios de uma anciã. Carregado de aldeia em aldeia por um jovem. Por toda parte queria-se ouvir suas palavras.

Tirésias, que se fez passar por mulher durante sete anos, espreitou por acaso Atena banhando-se na floresta. Ela velou-lhe para sempre os olhos importunos.

Paulo de Tarso na estrada de Damasco. A cegueira o transformou em São Paulo.

Por que a cegueira é sagrada?

A alquimia oferece ao homem uma forma original de heroísmo. Mani[4] concebia o homem como um ser criado pelo mensageiro do deus supremo da luz para auxiliar na tarefa de reunir os átomos de luz dispersos (debilitados) e arrojá-los para o alto. Como a luz esvaiu-se pela treva e perdeu sua intensidade, corre o eterno risco de consumir-se inteiramente.

O homem pode intervir no resgate da luz!

O processo para a transmutação dos metais primários em ouro é denominado "projeção".

Na penumbra, a forma é sacrificada pela luz. Na claridade, a luz é sacrificada pela forma.

Gradualmente, os objetos engendram-se no exterior do corpo.

Código da luz: o olho está enfermo. Arranca-o. O médico remove o olho para salvar o corpo. Seciona o nervo óptico que interliga o olho ao cérebro. Antes da utilização da anestesia, contava-se que a incisão do bisturi provocava um clarão de luz em vez de dor.

Da luz surge o olho. Os órgãos e as superfícies indeterminadas evoluem na direção de suas formas determinadas. O peixe é moldado pela água, o pássaro pelo ar e o verme pela terra. O olho é uma criatura do fogo.

---

[4] Mani, criador da religião maniqueísta, que divide o mundo em duas categorias absolutas: o bem e o mal. Pregava o ascetismo e divulgou suas crenças na Pérsia do século III.

Poemas

Cidade câncer
Falência urbana
Melancolia de verão
Autovias da velha cidade
Espectros nos carros
Sombras elétricas

ave marinha marulho do mar
murmúrio sísmico
castiçais de fogos fátuos
fragor das vagas
sendas serpentinosas
às cavernas chinesas
Solar das ventanias
Deuses do negro mármore

Busca a sacerdotisa
do gueto
Selvagens ruas soturnas
Uma vela alumbra a tenda
A maga
Fêmea profetisa
Cingida em passado
Ornada

Asas
Estilhaçam
Siderais ventos do Karma

Sereias

Risos e vozes juvenis
nas montanhas

Santos

Negros, Tatuagens
Africanas

olhos como o tempo

Blusão de couro de cobra
Olhos indígenas
Cabelos iridescentes

Move-se no flutívago
Ar de insetos
Do Nilo

Acampamento armado
Exercito, exército
imolam-se ardendo
em júbilo

Eles estão filmando alguma coisa
na rua, defronte
nossa casa

No intersonho deambula
o sono envolvendo seu corpo
como uma luva liberto do espaço tempo
dissolvendo-se no fluxo do verão

Destrói telhados, paredes,
vê todos os quartos num relance
Do ar capturamos deuses,
com seus vislumbres omniscientes
Mas sem seus poderes de
perscrutar mentes e cidades

Com eles sibilando nas alturas

Modernos círculos de inferno:
Oswald (?) mata o presidente.
Oswald toma um táxi. Oswald
para numa pensão.
Oswald desce do táxi.
Oswald mata o Agente Tippit.
Oswald tira o blusão. Oswald é capturado.
Escapule pra dentro de um cinema.

Reunidos neste teatro
antigo e insano
para divulgar nossa sede de vida
e escapar da prudência encarquilhada
das ruas

Sabem do fervilhante progresso
sob as estrelas?
Sabem que existimos?
Porventura esqueceram as chaves
do Reino?
Já nasceram
e estão vivos?

Não vou
Prefiro a festa dos amigos
à família do gigante
mulher lagarto
com seus olhos de inseto
com sua selvagem ousadia
Filha abrasada do silêncio
Veneno
Volve com suave sussurro de sabedoria
os imóveis olhos velados

O nome The Doors foi retirado de um poema de William Blake de que Morrison gostava muito: "Se as portas da percepcão forem abertas, as coisas surgirão como ralmente são, infinitas...".

através dos muros novas lendas surgem
despertando com rugidos e gemidos
a fantástica aurora dos sonhos

Ode a L.A.

Com o pensamento em Brian Jones[5]

Moro numa cidade
Acabaram de me escolher para
fazer o papel de
O príncipe da Dinamarca

Pobre Ofélia

Todos os espectros que ele
jamais viu
Flutuando rumo ao destino
Numa vela de ferro

Volta, bravo guerreiro
Mergulha
Noutro canal

Piscina de manteiga derretida
Onde fica Marrakesh
Sob as cachoeiras
A terrível tormenta
em que os selvagens caíram fora

---

[5] Poema impresso numa tira de papel e distribuído em concertos do Doors. Foi escrito logo após o guitarrista dos Rolling Stones, Brian Jones, ter sido encontrado afogado numa piscina.

“Sou o Rei Lagarto! Posso fazer tudo!”

No fim da tarde
monstros do ritmo

Você abandonou seu
Nada
Para lutar com
Silêncio

Espero que tenha saído
Sorrindo
Como uma criança
E penetrado o suave espólio
de um sonho

O homem anjo
Que combate as serpentes
que querem suas palmas
e dedos

Finalmente resgatou
Esta alma
benevolente

Ofélia

Que parte em sedas
Ensopada

Sonho
Clorado
Testemunha
Louca asfixiada

O trampolim, o mergulho
A piscina

Era um guerreiro
Musa adamascada almiscarada

Era o sol
Desbotado
Da televisão à tarde

sapos com chifres
rebelde de um microponto
amarelo

Veja onde se meteu
Você

No paraíso carnal
Entre canibais
e judeus

o jardineiro
deparou
com o corpo esplêndido
flutuando

regozijante rigor
que matéria verde é essa
de que é feito?

Furem a pele
da deusa

Enquanto for levado
pelos paradisíacos
umbrais da música

Sem chance

Réquiem para um peso pesado

Aquele sorriso sarcástico
O olhar de sátiro
Ergueu-se e saltou
na terra imaculada

Letras de música

Confim da noite (*End of the night*)

Segue a senda ao confim da noite
confim da noite, confim da noite
Senda à iridescente meia-noite
confim da noite, confim da noite

Reinos de êxtase, reinos de luz
alguns nascem para o suave deleite
alguns nascem para o suave deleite
alguns nascem para o confim da noite
confim da noite, confim da noite
confim da noite, confim da noite

O fim (*The end*)

Este é o fim, belo amigo
Este é o fim, único amigo, o fim
de nossos grandes planos, o fim
de tudo que estava de pé, o fim
sem segurança ou surpresa, o fim
Jamais lhe olharei nos olhos
Pode imaginar o que será de nós
Sem limites e livres
ávidos de alguma mão alheia
num mundo desesperado

Perdidos num deserto romano de dor
e todas as crianças atacadas pela loucura
todas as crianças insanas
esperando a chuva de verão

Perigo nos arredores da cidade
segue a estrada real
Cenas bizarras no interior da mina de ouro
segue a estrada oeste, meu bem
monta a serpente, monta a serpente
até o lago, o velho lago

a serpente é longa, sete milhas
monta a serpente, ela é antiga
sua pele é fria
o Oeste é melhor, o Oeste é melhor
vem cá, faremos o resto

o ônibus azul nos chama
o ônibus azul nos chama
Motorista, aonde está nos levando?

O assassino acordou antes do sol raiar
colocou as botas
com face de antiga galeria,
disfarçou-se
e caminhou pelo átrio
Entrou no quarto da irmã
e fez uma pequena visita ao irmão
Seguiu então para fora
e chegou até uma porta
olhou para dentro.
— Pai!
— Sim, meu filho?
— Quero te matar
— Mãe, eu quero...

Vem meu bem, corre o risco conosco
Vem meu bem, corre o risco conosco
Me encontre na traseira do ônibus azul

Este é o fim, belo amigo
Este é o fim, único amigo, o fim
Dói-me deixá-lo mas
jamais me seguirá
O fim do riso e das doces mentiras
O fim das noites em que tentamos morrer
Este é o fim.

A celebração do lagarto
(*Celebration of the lizard*)

Leões errantes nas ruas, cães no cio
raivosos espumantes
Besta enjaulada no centro da cidade
O corpo de sua mãe
Apodrecendo no chão do verão
Ele fugiu da cidade

Desceu para o sul, cruzou a fronteira
Deixou o caos e a desordem para trás

Acordou certa manhã num hotel verde
Com um estranho ser sibilando ao lado
o suor saía por sua pele reluzente

Estão todos aí?
A cerimônia vai começar!
Acorde!
Você não consegue lembrar
onde estava.
Este sonho já havia terminado?

A serpente era de ouro esmaecido
Vítrea e enroscada

Receávamos tocá-la
Os lençóis eram prisões quentes e letais
e ela ao meu lado
Não era velha... jovem
Seu cabelo ruivo escuro
Pele branca e macia
Agora, corre até o espelho do banheiro
Olha!

Aí vem ela
Não posso vivenciar cada lento século
de seu movimento
Me abaixo e encosto a face nos ladrilhos
Sinto o bom sangue frio e espetante
Suave sibilo das serpentes da chuva...
Certa vez fiz um joguinho
regressar rastreando em meu cérebro
Sabe de que jogo estou falando
É o jogo chamado "fique louco"

Agora tente este joguinho
Feche os olhos, esqueça seu nome
Esqueça o mundo, esqueça as pessoas
E juntos ergueremos um novo campanário

Este jogo é divertido
Fecham-se os olhos e não tem como perder
Estou bem ali, vou também
Desligue o controle, romperemos as barreiras

Mergulhar longe, fundo no cérebro
Mergulhar no passado
contornando minha dor
Até as paragens onde jamais chove
A chuva cai suavemente sobre a cidade

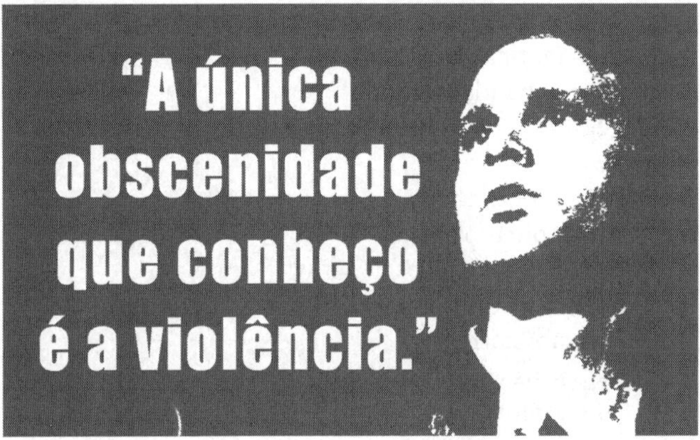

Sobre as cabeças de todos nós
No labirinto das corrente
No fundo, a presença extraterrestre
dos inquietos habitantes
das serenas colinas
Abundância de répteis
Fósseis, cavernas, glaciares

Cada casa repete o mesmo molde
Janelas cerradas
Carro selvagem trancado,desafiando a aurora
Tudo dorme
Silente as tapeçarias, espelhos vazios ,
Pó velado sob as camas dos legítimos casais
Enrolados nos lençóis
E suas filhas arrogantes
com olhos de sêmen nos bicos dos seios

Espere!
Houve aqui uma chacina

(Não pare para falar e olhar em volta)
Abandonaremos a cidade
Na debandada geral
Só com você quero partir

Não tocar a terra
Não olhar o sol
Nada resta senão
Correr, correr, correr
Vamos correr
Casa na colina
Lua imóvel
Sombras das árvores
Atestam a veloz ventania
Corre comigo, meu bem
Vamos correr

Corre comigo
corre comigo
corre comigo
Vamos correr

Mansão aconchegante no cimo da colina
Quartos ornados com todos os confortos
Rubros os braços dos sofás luxuriantes
E de nada saberá enquanto não entrar

No carro do motorista, o cadáver do presidente
Ronca o motor em graxa e alcatrão
Vamos, pois não iremos muito longe
Ao distante oriente encontrar o Czar

Muitos marginais moravam às margens do lago
A filha do pastor é apaixonada pela serpente
Que vive num poço à beira da estrada

Acorde menina! Estamos chegando!

Sol, sol, sol
Arde, arde, arde
Lua, Lua, Lua
Te Pegarei
Logo
Logo
Logo
Sou o Rei Lagarto
Posso fazer tudo!

Descemos
Rios e autovias
Descemos pelas
Florestas e cascatas
Descemos por
Carson e Springfield
Descemos por
Phoenix enfeitiçados
Posso lhe contar
Os nomes do Reino
Posso lhe contar
As coisas que já sabe

Tentando escutar
um bocado de silêncio
Subindo os vales até as sombras

Por sete anos habitei
O palácio desgarrado do exílio
Praticando jogos bizarros
Com as moças da ilha
Regresso agora
Ao país do belo e forte e sábio

Irmãos e irmãs da floresta esmaecida
Ó crianças da noite
Qual de vós participará da caçada?
Eis que a noite retorna com suas púrpuras legiões
Recolham-se às tendas e aos devaneios
Amanhã entraremos na cidade onde nasci
Quero estar preparado.

Dias estranhos (*Strange days*)

Os dias estranhos nos acharam
Os dias estranhos seguiram nossos rastros
Destruirão nossas mais simples alegrias
Continuaremos a brindar
ou encontraremos uma nova cidade

Olhos estranhos lotam salas estranhas
Vozes anunciarão seu extenuado fim
Sorri a anfitriã,
o pecado entorpeceu os hóspedes
Deixe-me falar do pecado,
você verá como é

Os dias estranhos nos acharam
Languescemos ao longo de suas estranhas horas
Sós, com os corpos confusos
e memórias cheias de abusos
Enquanto fugimos do dia à pétrea noite

Viajantes na tormenta (*Riders on the stom*)

Viajantes na tormenta, viajantes na tormenta
nesta casa nascemos, neste mundo fomos atirados
como cão sem osso, ator interino
Viajantes na tormenta

Na estrada espreita o assassino,
seu cérebro pulsa como um sapo
Tire longas férias, deixe as crianças brincar
Dê chance a ele, sua doce família morrerá
Assassino na estrada...

Menina ame seu homem
Menina ame seu homem
Pegue sua mão, faça-o compreender
o mundo depende de você, nossa vida não tem fim
Tem que amar seu homem

Viajantes na tormenta, viajantes na tormenta
Viajantes na tormenta, viajantes na tormenta

Tarô. Jogador solitário de cartas.
Dispõe as cartas para si.
Revolve o passado em eterna transmutação,
embaralha e recomeça:
Reúne novamente as imagens.
Volta a reuni-las.
Este jogo revela o pólen da
verdade e da morte...

O mundo transforma-se num carteado,
quem sabe infinito ou talvez finito.
Combinações de imagens permutações;
engendraram o jogo do mundo

O cinema encontra suas raízes mais profundas
não na pintura, literatura ou teatro,
mas nas diversões populares
— histórias em quadrinhos, xadrez, cartas
de baralho e tarô, revistas e tatuagens.

Em 1832, Gropius maravilha Paris com seu Pleorama
A assistência foi transformada na tripulação
de um navio em combate.
Fogo, gritos, marinheiros, afogamento!

O cinema não encontra raízes na pintura,
escultura ou teatro, mas na tradição popular da feitiçaria.
É a expressão atual de uma misteriosa
história de espectros, do fascínio por imagens
cinéticas e da crença na magia.
Sua linhagem remonta aos primórdios,
era dos sacerdotes e magos, da conjuração de espíritos.

O Oriente hoje produz a maior parte dos filmes.
O cinema é a nova expressão de uma antiga tradição:
O teatro de sombras. Até nossas artes cênicas o imitam.
O teatro de sombras fazia parte dos rituais sagrados

Os alquimistas detectam na atividade sexual do homem
uma relação entre a criação do mundo,
o crescimento das plantas e as estruturas minerais.
Quando olham a terra absorvendo a chuva,
a sentem eroticamente, como copulação.
Isto se estende a todos os reinos naturais da matéria.
Engendram romances entre os elementos,
e estridentes estrelas.
Casos de amor entre pedras ou fertilidade do fogo.

Através do ventriloquismo, gestos e uso de objetos
e todas as extraordinárias evoluções do corpo no espaço
o xamã infunde sua viagem aos espectadores
que compartilham sua jornada.

O ritual é conduzido pelo xamã.
O delírio sensual, deliberadamente provocado
por meio de drogas, cânticos e danças,
induz o xamã ao transe.
Voz alterada, movimentos convulsivos.
Age como um possesso.
Todos estes histéricos, escolhidos precisamente
por seu caráter psicótico, eram outrora estimados.
Formavam eles o elo entre os homens
e o mundo dos espíritos.
Suas incursões mentais constituíam
o fundamento da vida religiosa da
tribo.

No início de carreira, o jovem retraído não consegue cantar de frente para o público.

Artaud Rock: a lógica dark dos Doors

Bill Kerby

Ray, com a cabeça curvada, observa atentamente as teclas de seu órgão. John faz os últimos ajustes na bateria e Robbie, como um filho alucinado de Robert Mitchum, equaliza suavemente seu amplificador. Após uma interminável espera, Robbie começa, seguido por John e Ray. A introdução é poderosa e solene, envolvendo-nos ondulantemente.

O Kaleidoscope já havia esgotado suas entradas. O Ciro's estava apinhado de gente que provinha de todo o hemisfério ocidental e que, frente ao palco. reconhecia o impacto daquela introdução, numa expectativa ansiosa.

Lá estava ele, como um Ariel provindo das entranhas do inferno, deslizando por meio do lento pulsar, "câmara lenta" da bateria. Robbie o espreita com certo desgosto, mas Morrison está indiferente. Em êxtase, podia-se notar seu olhar de cumplicidade com a platéia. Vibrando excitado, aproxima-se do microfone. Suas roupas davam a impressão de que ele não as tirava desde os doze anos. Pega o microfone e, num flash, sua maravilhosa face de criança nos alerta de que tudo é mentira.

Todo terror, todo veneno e todo mal são repentinamente exorcizados! Um som não-humano, visceral, projeta-se por meio dos grandes alto-falantes emudecendo as críticas. Um silêncio espectral invade a sala quando ele começa a cantar, alternando gritos com carícias melódicas e vôos poéticos.

Por mais de uma hora, numa noite de sexta-feira, o grupo americano chamado The Doors ultrapassou todos os limites sonoros naquele lugar. Pela simples razão de que são grandes e porque é precisamente nestes momentos limítrofes que os artistas produzem o que há de melhor. Ocorreu lá um verdadeiro milagre.

O criador do teatro da crueldade, Antonin Artaud, descreve suas insólitas representações cênicas como "erotismo, selvageria, sanguinolência, violência, obsessão pelo horror, colapso dos valores morais, hipocrisia social, mentira, sadismo, perjúrio, depravação etc". Todos que ouviram os Doors poderão encontrar um farto catálogo de todo esse material. Artaud, nesse contexto, é mais que um simples ornamento, uma rubrica conveniente nesta música. Os Doors aparecem como algo totalmente diferente.

Indeciso (satisfeito ou desapontado: escolha uma dessas duas possibilidades) em sua sobrevivência, o homem ocidental começa a olhar seu interior para examinar o que está certo e o que está errado (ou se eventualmente ambas as coisas não seriam o mesmo). Os conceitos de ordem e caos têm agora novos significados. A contestação assume neste momento uma validade muito grande na arte como um ato intenso de paixão. E os Doors sabem disso. Este tipo de irracionalidade que ultrapassa os devaneios oníricos e a loucura inspira suas músicas que chocam mais do que apresentam histórias lógicas. Ao fim do espetáculo, todo o mal foi exorcizado e Morrison empunha solenemente um fósforo aceso, envolvido por uma negra escuridão. Neste momento você torce para que ele não mande tudo para os ares!

Muitas coisas acontecem ao ouvi-los. As sensações vão da beleza, hilaridade onírica ao pesadelo. "Os sonhos possuem algo mais que nossa restrita lógica. Têm uma existência própria em que a treva e as sábias verdades se revelam." (Artaud ou Morrison: escolha).

Os Doors são quatro músicos que junto apresentam uma única visão. Mas é Morrison que o público quer ver. São atraídos por sua ambigüidade que nos conduz calamitosamente à festa. Sua natureza perversa é afirmada quando ele encara as coisas que mais tememos. Encolhemo-nos e morremos um pouco interiormente enquanto o mal e a morte dançam muito próximos à nossa insignificante concepção de imortalidade. Mas James Douglas Morrison, nascido em Melbourne, Flórida, em 1943, cineasta e astro, move-se no palco dançando com expressão de indiferença e com a face convulsionada por uma esplêndida fúria. Nota-se um desdém espontâneo, o maior e mais completo desprezo por tudo que o cerca que jamais presenciei. Mas quando ele se ergue vociferante ao microfone e irradia pelo palco sua contundência, elétrico e tomado pelo fogo, tudo ali é seu: a espera, o perigo e o terror. Sozinho.

(Fonte: *UCLA Daily Bruin*, 1967.)

Paul Rothchild

Produtor da Elektra Records

Paul Williams — *Como foi a gravação de The End?*

Paul Rothchild — Foi linda, um dos momentos mais intensos e importantes que já presenciei num estúdio. Aquela meia hora em que *The End* foi gravada sacudiu-me emocionalmente por completo. Geralmente, como produtor, apenas senta-se e opina-se sobre o que está certo e o que não está; acompanha-se simultaneamente todos os instrumentos e segue-se o sentimento de cada nota. Neste *take*, entretanto, transformei-me num simples espectador. Sentia que tudo estava no lugar e nada podia fazer senão escutar. Os aparelhos fariam o resto. Bruce Botnick (nosso engenheiro de som) também imergiu no fluxo poderoso daquele som. O estúdio estava totalmente apagado e as únicas luzes que se distinguiam provinham de uma vela ao lado de Jim e dos "VUs" na sala de controle. O resto estava apagado e uma escuridão profunda nos envolvia.

O momento era de uma magia misteriosa... Jim cantava e ao terminar, você sabe... Foi um choque, Robbie dedilhou as últimas notas contundentes em sua guitarra. Senti-me como... *Yeah!*... Você sabe: era o fim e não havia continuação possível, após aquele "This is the end". Lavou minha mente! Havia quatro pessoas naquela sala de controle e nenhuma delas lembrou-se de desligar os gravadores, que ficaram rodando. Estávamos todos mergulhados naquele ritual, mas tudo foi feito de forma perfeita. Tanto eu quanto Bruce conseguimos estabelecer um tipo de registro extraordinário. Ele sabia que eu queria as coisas bem feitas, e isso se deu de forma espontânea e involuntária; pois estávamos durante a gravação imersos como espectadores contemplativos. Tenho certeza absoluta de que a musa nos visitou naquele estúdio. Fomos apenas espectadores, mas as máquinas souberam bem o que fazer!

(Fonte: Revista *Crawdaddy*, 1967.)

Os reis do rock lisérgico

Fred Powledge

O que há de mais satânico nos Doors é seu vocalista Jim Morrison, autor da maior parte das músicas. Tem vinte e quatro anos e caiu fora da UCLA. Nos concertos (penso que também nos discos), para sentir o clima, apresenta-se sempre temperamental, em êxtase mental e sobretudo drogado ou algo semelhante.

No palco veste roupas justas de couro negro e, quando começa a cantar, parece a versão masculina de Ms. Lilly Christine, a Mulher Gato do seriado *Batman*. Mas enquanto a atuação dessa personagem é linear, as performances de Morrison primam pela mais completa imprevisibilidade.

Além de excelente ator, Morrison é um talentoso poeta. Fala pouco mas com uma profundidade que lembra o romano Catulo. Suas letras são obscuras. Ao ouvir suas composições, tenho às vezes vontade de colocar um disco de Pete Seeger em seu lugar, pois posso entender tudo.

Morrison nos apresenta as cenas que só ele vivenciou, e são tão bizarras que não se pode ser muito explícito ao contá-las.

As letras não são simples e nem aquilo que poderíamos chamar de lógicas. Devemos ouvir o disco várias vezes para tentar entrever seu significado *nonsense*. Ao terminar um lado, o braço do toca-discos retorna ao ponto inicial e somos impelidos as escutá-lo mais vezes. Creio que esta é uma das características da nova música. Temos que tocá-la repetidamente, de preferência em alto volume e com todas as luzes apagadas. Como Mantovani, vamos agora nos acostumar a apreciar o *rock* como os diletantes da música clássica.

Esta música é a reflexão plástica sobre um mundo plástico.

Os matizes sonoros transistorizados, mais suaves que a

suavidade, tal como os sacos plásticos que envolvem os *hot-dogs*, são mais rubros que o vermelho. Tudo nessa nova concepção (que inclui desde órgãos de igreja até os ruídos das ruas) parece oniricamente irreal. Reflete de forma impecável o que se passa em nossa sociedade. Pulsa próximo à desarmonia e à insanidade. Parece alucinado e destoante, mas quando o ouvimos atentamente, uma harmonia secreta emerge de suas profundezas.

Todos que discutem os Doors são unânimes num ponto: seus concertos são muito semelhantes às performances do Living Theatre e das peças de Kurt Weil e Bertold Brecht (artistas que descreveram uma sociedade precipitando-se na direção de algo que não podiam compreender precisamente). Resolvi tentar entender os Doors em seu próximo concerto.

Prometi a minha mulher e a Polly que visitaríamos o músico favorito desta última: John Densmore. Chegamos ao New Haven Arena bem cedo, mas mesmo assim foi difícil chegarmos ao camarim. Policiais estavam pelos corredores barrando todos os não credenciados.

A única pessoa que tinha autoridade para permitir-nos o ingresso era o chefe de polícia de New Haven, James P. Kelly, mas estava muito ocupado tentando desbloquear uma porta de emergência. Conversamos com um policial enquanto esperávamos pelo Sr. Kelly. Polly e eu estávamos muito interessados num tubo de aerossol que carregava no bolso, denominado "Mace", que fazia cair qualquer suspeito que recebesse tal jato na face. Perguntamos-lhe então:

"Você gosta deste tipo de música?"

"Yeah!", respondeu o policial. "Meu irmão também toca num grupo de *rock*."

O comissário Kelly estava relutante em deixar-nos entrar mesmo quando apresentei minhas credenciais de jornalista. Mas quando lhe perguntei como se soletrava seu nome, percebeu que iria ser citado na reportagem e abriu-nos prontamente as portas.

“Ela me disse: ‘seus olhos estão sempre negros’. A pupila se dilata para abarcar o objeto da visão.”

No camarim presenciamos a normal antipatia que se estabelece entre os policiais e os repórteres. Polly pediu autógrafos a todos os componentes do grupo, e fomos para a grande platéia procurar nossos lugares.

Havia pelo menos duas mil pessoas, a maioria delas sabia de cor as letras. Alguns policiais ficavam em pé entre o palco e a platéia e, em certo instante, impediram que duas moças se aproximassem para tirar fotos com suas “instamatics”. Em outro momento, Morrison precipitou-se sobre a primeira fila. Foi tão rápido que ninguém se incomodou, parecia a peça *Marat Sade*.

Ele era perigoso e o perigo fazia parte do *show*. Agora começava a compreender o que Paul Rothchild havia dito sobre o “rock teatral” e todas as citações ao Living Theatre, Kurt Weil e Bertold Brecht. Não me saiu da cabeça, também, o que John Densmore havia me alertado sobre a necessidade de assistir aos concertos do grupo para entendê-lo.

Manzarek tocava seu órgão, Robbie a guitarra e John a bateria. Jim começou então um insólito discurso:

“Gostaria de contar-lhes algo que se passou aqui, há dois minutos: estamos mesmo em New Haven, Connecticut, Estados Unidos da América?”

A platéia estava muda. Jim começa a discorrer sobre o que jantara, os *drinks* que havia tomado, os autógrafos que dera num restaurante, a discussão sobre religião que tivera com uma garçonete e por fim a garota que encontrara no camarim desse concerto.

"Começamos a conversar", disse pausadamente vociferando no ritmo bem marcado de Densmore, sacudindo vibrátil o microfone e deixando transparecer seu lado negro, diabólico:

> "Queríamos privacidade
> Entramos então no banheiro
> Não fazíamos nada, você sabe,
> Apenas conversávamos
> Quando este pequeno homem entrou
> Este homenzinho em seu uniforme azul
> Com seu pequeno quepe
> E falou:
> 'Que fazem aqui?'
> 'Nada'.
> Mas ele não foi embora
> Ficou lá
> Acercou-se de mim
> E tirou uma lata de *spray* negra, ou algo assim,
> Parecia de creme de barbear,
> Então
> Meus olhos foram borrifados
> E fiquei cego por trinta minutos..."

As luzes se acendem. Morrison dá uma olhada de relance na platéia e pergunta como todos estão. Nenhuma resposta. Manzarek caminha pelo palco e lhe segreda alguma coisa. Jim pergunta se querem música. A multidão grita em uníssono: Sim!

"Bem, então apaguem as luzes. Apaguem as luzes!"

Um policial invade bruscamente o palco. É o comissário Kelly, e tenta à força arrastar Morrison para fora na intenção de prendê-lo. Jim, indiferente, dirige a ele seu microfone dizendo: "Fale algo, o que você quer?" Mas o policial retira-lhe num violento golpe o microfone de sua mão. O público vaia e num delírio coletivo começa a invadir o palco. Bill Siddons, o *road manager* do grupo, tenta proteger Morrison dos policiais com o próprio corpo. Jim é retirado para fora e Siddons luta ferrenhamente para salvar o equipamento (seis amplificadores, um órgão, uma guitarra e a bateria) enquanto dezenas de policiais correm freneticamente pelo palco.

Muitos começam a deixar o local. Outros, em protesto, arrancavam as cadeiras de madeira. Lá fora, Tim Page, famoso fotógrafo (principalmente por seu trabalho no Vietnã) tirava várias fotos de um jovem sendo preso. Um policial notou sua presença e arrastou-o para o outro lado da rua. Tim protestou pessoalmente ao comissário Kelly, que prometeu-lhe tomar as devidas providências quando as coisas se acalmassem.

Assim que o comissário se retirou do local, Tim foi imediatamente preso juntamente com Yvonne Chabrier, da revista *Life*, e Michael Swerin, do *Village Voice* (todos arbitrariamente). Muitos adolescentes também foram "enquadrados". A acusação que recaiu sobre Jim foi a seguinte: exibicionismo imoral e indecente e provocação de distúrbios (ameaça à paz pública). A fiança de US$1.500 foi paga com o dinheiro do *show*.

Contei tudo o que se passara ao comissário Kelly. Respondeu-me que, uma vez efetuadas as prisões, nada poderia ser feito. Parecia surpreso: "É muita insanidade", disse-me. "O que aconteceu aqui foi terrível."

Cruzei outra vez com aquele policial simpático, que me mostrara a lata de *spray* no início do concerto, e perguntei-lhe: "Continua gostando desse tipo de música?" "Sim", respondeu-me secamente, enquanto empurrava dezenas de adolescentes aos portões de saída. Tinha a expressão dura e circunspecta.

Olhei para minha filhinha Polly que, atônita, me indagou: "Por que o comissário não pára tudo isso?"

Minha filha estava no fulcro da balbúrdia, entre guardas e adolescentes. Tim, Yvonne e Michael já haviam sido levados num camburão. Não demonstrava tanto medo quanto eu. Sua pequena face franzia-se de irritação, seus punhos estavam cerrados e seus olhos apenas entreabriam-se. Observara tudo e entendera muito bem o que se passara. Presenciara ao vivo estes tempos conturbados: não numa gravação, não num filme, e muito menos numa dublagem.

(Fonte: Revista *Life*, 1967)

Cantor de rock "ácido" dá seu recado

As portas do *rock* "ácido" abriram-se na última sexta-feira no Arena a uma enorme multidão que tinha sua própria chave para entrar: a juventude.

Doors, para os não iniciados, não significa "portas", mas o nome do mais famoso grupo de *rock* ácido da atualidade. Ácido pode ser interpretado tanto como droga lisérgica (LSD) quanto como os corrosivos comentários e críticas a eles dirigidos pela sociedade.

Jim Morrison, o James Brown branco que faz verdadeiras acrobacias, saltando lépido de um lado para outro do palco, fazendo amor com o microfone, é o líder do grupo.

Nesta sociedade em que ninguém consegue viver de poesia, ele é poeta. Canta apenas para viver. Não como um "virtuoso", mas isso não faz a menor diferença. Escreve suas próprias letras e tem muito a dizer. Poesia hoje em dia vem acompanhada de guitarra, bateria e órgão.

A multidão pluga-se aos treze mil watts dos poderosos amplificadores, e o ímpeto dessa música exorciza para longe do local todos os valores do mundo adulto que ficam confinados fora dos altos muros do Arena.

(Fonte: *The Milwaukee Journal*, 1967.)

Sete presos no conturbado concerto de rock

Um cantor de *rock* fez gestos obscenos e, utilizando palavras de baixo calão e uma linguagem chula, provocou um tumulto sem precedentes nesta cidade, envolvendo mais de dez mil jovens e adolescentes no Veterans Memorial Coliseum.

Sete pessoas foram detidas após o lamentável concerto e o capitão de polícia do Arizona, Bill Foster, teme que este movimento se generalize por todo o país, assumindo proporções assustadoras.

"Em certo momento, não sabia realmente o que fazer afirmou Foster.

Cinqüenta e cinco policiais espalhavam-se pelo Coliseum, numa operação que incluía membros da polícia de Phoenix, seguranças particulares e até guardas de trânsito. Tiveram de arrastar para fora, à força, milhares de adolescentes em estado de histeria coletiva.

Segundo o cantor, identificado na delegacia de polícia como Jim Morrison, o responsável foi o fotógrafo do *Phoenix Gazette* que atiçou os adolescentes para se aproximarem do palco. Atirando objetos, romperam em delírio o cordão de isolamento e invadiram o local.

Mas, de acordo com a opinião do Capitão Foster, Jim Morrison é que começou a provocar a multidão com gestos obscenos, incluindo em seu discurso palavras de quatro letras não costumeiramente escutadas pelo público.

O cantor repetidamente ofendia o presidente com a seguinte frase:

"Mais quatro anos de mediocridade e m... Se ele (o Presidente eleito Richard Nixon) fizer algum trambique, o pegaremos!"

Dick Smith, vice-procurador do Tribunal de Justiça de Phoenix, declarou que o grupo não voltará jamais a esta cidade e certamente não deveria ter vindo".

Para o Capitão Foster, o grande responsável é sem dúvida Jim Morrison que "detonou a multidão e fomentou o distúrbio". Disse também que, se o cantor não os tivesse conclamado a se levantar e a abandonar os assentos, nada haveria acontecido.

Ao ser indagado sobre a causa pela qual Morrison não tinha sido preso, o Capitão Foster comentou que por diversas vezes ficou perto de estourar.

A polícia de Phoenix emitiu uma nota declarando que quatro pessoas tinham sido presas (inclusive uma adolescente), uma por uso de linguagem vulgar, outra por tentativa de assalto e dois jovens por ameaça à paz pública.

(Fonte: *Phoenix Gazette*, 1968.)

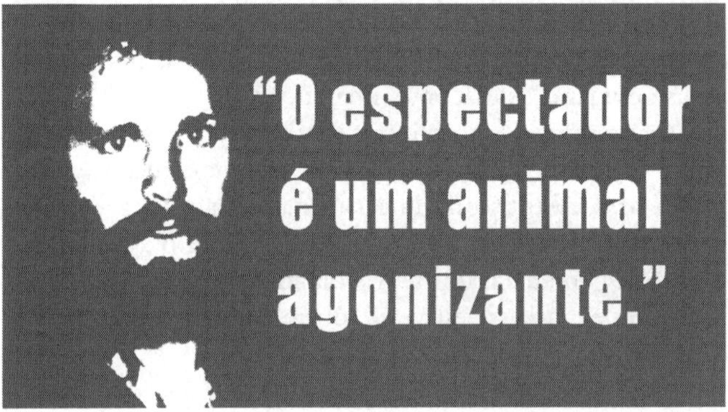

Grupo de rock falha na tentativa de provocar tumulto

Larry Mahoney

Foi a noite do tumulto que não aconteceu.

Os Doors, grupo de *rock* com tendências teatrais, juntamente com seu vocalista Jim Morrison, foram retirados à força do palco, atitude essa que frustrou suas pretensões de disseminar o caos numa turba enfurecida de milhares de adolescentes aqui em Miami.

Morrison, erótico e hipnótico como sempre, violou completamente as leis de obscenidade, exibicionismo indecoroso e incitação ao tumulto. Felizmente conseguiu apenas mobilizar um pequeno grupo que causou um distúrbio de proporções limitadas, ao fim de sua performance no sábado à noite.

Espalhavam-se pelo local inúmeros policiais, mas nenhum deles tomou a iniciativa de o deter. Apenas no domingo, após o transgressor já ter abandonado a cidade, é que foi emitida uma ordem de prisão contra ele.

A grande maioria dos doze mil adolescentes que assistiram ao "espetáculo" detestou-o e saiu completamente decepcionada com o evento. Estavam também na platéia centenas de crianças desacompanhadas.

A apresentação no Dinner Key teve a duração exata de uma hora e cinco minutos. Por ela, os Doors receberam 25 mil dólares, e Morrison cantou apenas uma música, completamente fora do tom. Para os que conseguiram agüentar até o fim, ele gemeu e grunhiu, rebolando e gesticulando como Elvis Presley faria, se estivesse sóbrio como um pastor presbiteriano.

Suas palavras eram tão contundentes que deixaram a multidão mais inflamada que torcida de futebol em final de campeonato.

"Vocês não passam de um bando de escravos", gritava ao microfone. "O que pretendem fazer?"

Outros pronunciamentos:

"Não existem leis, não existem regras!"

Morrison começou repentinamente a masturbar-se na frente de todos, berrando obscenidades e exibindo-se indecorosamente. Em certos momentos ficou violento, chegando a ofender um segurança particular da Thee Image e arrojá-lo fora do palco. Depois, precipitou-se sobre a massa humana em histeria coletiva.

"Morrison, que abandonou furtivamente a cidade no domingo, deverá com toda certeza ser preso, sob a acusação de exibicionismo", afirmou categoricamente o chefe da polícia de Miami, Paul M. Denham, no mesmo dia.

"Expediremos um mandado de prisão o mais rápido possível, tão logo localizarmos um dos policiais que presenciaram o evento e possa ele dar seu depoimento." "Estamos dispostos a levar esse caso às últimas conseqüências!", disse também. Na delegacia, Collier foi interrogado. Perguntaram-lhe qual teria sido a razão que o motivara a trazer a Miami um grupo tão problemático e com fama de causar grandes tumultos como os Doors. "Eles recusaram uma proposta oficial da

Universidade de Miami para aceitar nosso contrato, no qual ganhariam muito mais", comentou o produtor.

Numa pesquisa feita por essa Universidade entre seus estudantes, o grupo ficara em primeiro lugar, o mais almejado por eles para apresentar-se no Convention Hall of Miami Beach (aberto a conjuntos musicais de todas as idades), onde tal espetáculo aconteceria.

Ken Collier, tranqüilo no domingo, estava agradecido à polícia de Miami, aos milhares de adolescentes que lhe haviam outorgado seis dólares por cabeça e principalmente ao público desta cidade, que poderia ter "detonado" um tumulto coletivo sem precedentes. Tinha corrido o risco e vencido.

(Fonte: *The Miami Herald*, 1969.)

Concerto dos Doors acaba em mandado de prisão

O departamento de polícia de Miami declarou hoje a suspensão das garantias individuais para o cantor Jim Morrison, o "cabeça" do grupo The Doors. Agora seus dias estão contados, e o caminho para prendê-lo está totalmente aberto. Pesa sobre ele a grave acusação de comportamento indecente e exibicionista perante uma enorme platéia de mais de dez mil adolescentes que compareceram em massa ao Dinner Key na noite de sábado passado.

O chefe de polícia Paul Denham declarou que o cantor está sendo também acusado de distúrbio provocado por profanação. O inventor e mentor supremo do chamado "*rock* orgástico" simulou o ato de masturbação e abriu a braguilha num degradante espetáculo em que prevaleceram a linguagem chula e palavras de baixo calão.

A procuradoria de justiça está também preparando outras

acusações como, por exemplo: conduta impudica e lasciva, intoxicação pública e exibicionismo indecoroso. Além delas, incide também contra esse transgressor a denúncia de ter sido ele o desencadeador de um tumulto de grandes proporções que envolveu mais de dez mil adolescentes. Denham, em seu longo depoimento, revelou que o concerto foi encerrado à força, diante de uma convulsão assustadora que quase provocou o desabamento do palco. O Procurador de Estado tomou o testemunho de diversos presentes no evento, entre os quais seu office-boy e diversos policiais.

O mandado de prisão foi expedido logo após o término dessas averiguações. A maioria dos trinta guardas do departamento de polícia deu seu testemunho, como também vários adolescentes que voluntariamente ofereceram-se para cooperar. (Um deles até apresentou uma fita gravada que documenta tudo o que aconteceu naquele sábado à noite.)

Morrison e o grupo estão, neste momento aproveitando a vida nas praias do Caribe.

(Fonte: *The Miami News*, 1969.)

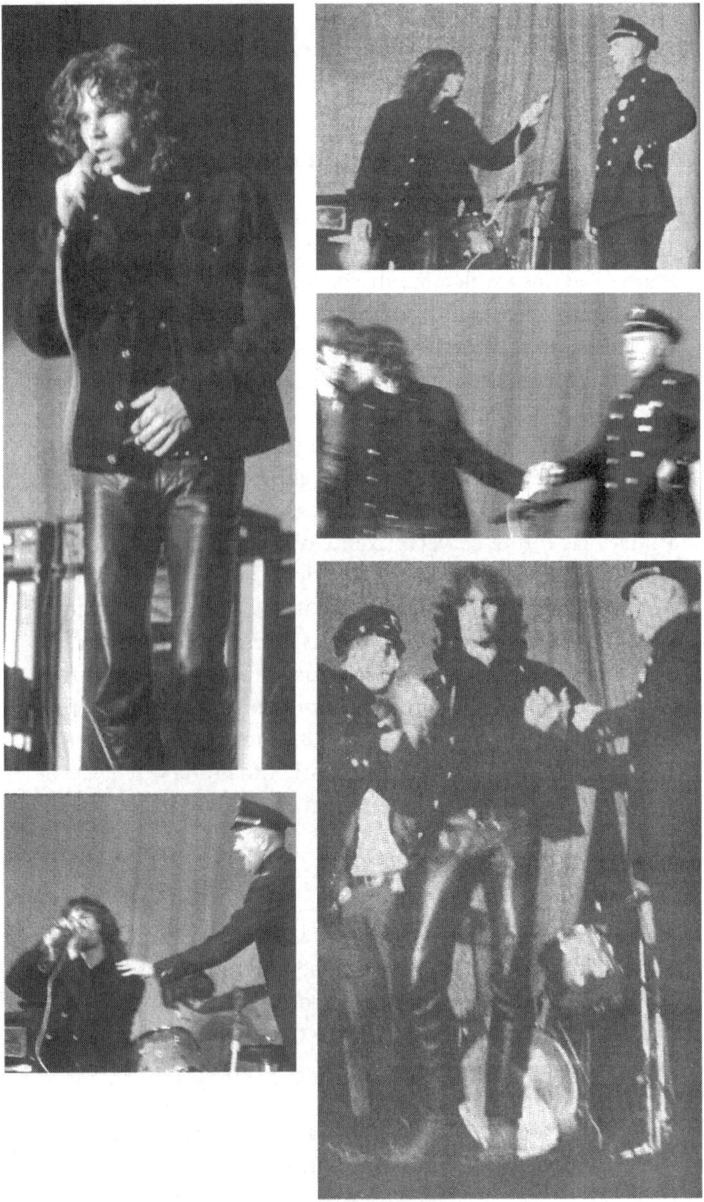

Cenas do *show* no Hampton Beach Casino, em New Haven, no qual Morrison foi tirado à força pelos policiais, 1967.

Foi difícil acender o fogo em Miami

Stephanie Marrington

Aconteceu o mesmo com o Titanic. Enquanto não soubermos exatamente o que se passou (os relatos dos sobreviventes foram completamente confusos e contraditórios), não poderemos ter a menor idéia de como ocorreu o naufrágio. Talvez não seja verdade que Jim Morrison tenha tirado as calças frente a oito mil adolescentes no concerto dos Doors no Dinner Key Auditorium, em Miami, dia 1º de março.

A opinião geral é de que este evento levou-o a exilar-se numa ilha do Caribe. A verdade é que ele estava sob efeito de alguma substância. Decerto, não maconha, ácido ou anfetamina, mas muita cerveja. (Ken Collier, um dos promotores do evento, disse que o contrato estipulava que o camarim deveria ser abastecido com pelo menos seis caixas dessa bebida.)

Mas, tal como o Evangelho, as interpretações da fala do Mestre são várias. Collins, sócio da Thee Image, produtora que os contratou, declarou que em nenhum momento presenciou tal retirada de calças. (Uma testemunha jura que viu). Ele admite também que existia uma séria discussão financeira entre a Thee Image, agentes de segurança, guardas particulares e *managers*.

Os Doors ficaram descontentes, pois apenas receberam 25 mil dólares dos 42 mil arrecadados naquela uma hora de *show*. Collier contra-argumenta que não havia estipulado porcentagens ao grupo, mas um cachê fixo de 25 mil dólares.

Hostilidades de lado, esse produtor contou que havia pedido encarecidamente à platéia que mantivesse a calma e até a saudou com o gesto da paz, no minuto que antecedeu a entrada do cantor.

Mas Morrison não queria falar de paz, guerra ou amor. Desejava apenas desfrutar alguns momentos agradáveis. Deu um sinal de "OK" para Collier (que ainda nem imaginava quão "agradáveis" seriam os momentos vindouros). Mas o fato com que todos concordam é que, até atingir o clímax, o concerto estava muito chato. Jim, completamente inexpressivo, cantava monotonamente. Segundo um adolescente admirador do grupo, "os Doors não conseguiam nem chegar aos microfones". Laivos de poesia eram pronunciados, cujos versos eram retirados arbitrariamente das letras de *The End*, *The Snake*, *Touch Me* e *Light My Fire*. Mas nem a simbologia freudiana ou o forte apelo de oito mil pessoas poderiam explicar as causas que motivariam suas atitudes posteriores.

"Vi claramente ele colocando a mão dentro da calça e masturbar-se", disse Collier. "Nesse instante, corri para o palco, tirei-lhe num golpe o microfone das mãos e lhe disse: 'Estamos em Miami, isto não pode acontecer aqui!' Novamente, exorcizei o 'mau olhado demoníaco' da multidão com o gesto da paz. Um grande número de adolescentes começou a invadir o palco a pedido de Morrison, dançando febrilmente. (Cada polegada do palco estava ocupada e esta é uma das enigmáticas questões da metafísica do *rock*.) Outras levas de jovens romperam o cordão de isolamento quando Jim recapturou o microfone."

Como dois lunáticos, Jim e Collier comandavam hipnoticamente um oceano humano; um agitando-o, tentando transformá-lo num maremoto, e o outro amortecendo as ondas na tentativa de formar um grande lago.

"Naquele momento", disse Collier, "não sabia realmente o que fazer."

Os guardas nem se moviam, pois não havia na verdade um tumulto. Quando Collier finalmente perdeu as estribeiras, seu irmão (sócio também da Thee Image) subiu no palco para ajudá-lo. Collier, num relance rápido, começou a desplugar todos os instrumentos, enquanto sua mulher desligava as grandes colunas de spots. Larry Pizzi, segurança da Thee Image e faixa preta em karatê, arrastou às pressas Jim do

palco. Uma foto (não publicada) mostra os dois lutando contra o oceano de adolescentes. Segundo as palavras de Collier, "este foi o *Gotterdämerung*" (*Crepúsculo dos Deuses* wagneriano) do evento. Morrison, como o "fantasma da ópera", foi avistado pela última vez com o olhar gázeo sobre o balcão.

A polícia deu uma demonstração de progresso, mostrando que é capaz de tornar-se também uma força humanitária. Pelo que parece, foi a única que demonstrou alguma receptividade aos apelos de paz de Collier (os adolescentes, de certa forma, também, a despeito — segundo as palavras do produtor — de Morrison os ter insuflado a tirar as roupas e a fazer amor e revolução).

Na verdade, o público até que se comportou bem. Penso no que poderia acontecer caso aquela histeria potencial de oito mil adolescentes fosse "detonada". A polícia somente começou a pensar na prisão de Morrison após ele ter abandonado a cidade.

(Fonte: *The Village Voice,* 1969.)

Boletim do FBI sobre o concerto de Miami

Em 3 de março de 1969, o FBI comunicou que Jim Morrison, cantor de *rock*, apresentou-se no Dinner Key Auditorium em Miami, Flórida, no dia 1º de março de 1969. Morrison, do sexo masculino, cor branca, 25 anos, nasceu em Cocoa Beach, na Califórnia. Ultrapassou todos os limites de permissividade e disseminou o caos entre uma enorme multidão. O concerto teve a duração de uma hora, na qual o cantor interpretou uma única música, gemendo, gritando e retorcendo sensualmente o corpo, inflamando a platéia. Vociferou inúmeras obscenidades e exibiu-se de forma indecorosa. Um enorme número de pessoas invadiu o palco batendo e atirando-se ao chão. Os 31 policiais do Departamento de Polícia de Miami falharam em não efetuar nenhuma prisão, elevando assim as possibilidades da ocorrência de um grande tumulto. O FBI comunicou também que está conduzindo uma investigação sobre o caso e tentando obter um mandado para a prisão de Morrison.

O acontecimento está sendo discutido na Procuradoria Estadual da Flórida para determinar se Morrison poderá ser acusado de crime.

Carta do presidente

De Richard Nixon a Mike Lavesque,
o organizador da Cruzada pela decência, 1969

Fiquei extremamente interessado em aprender com a sua admirável iniciativa de mobilizar três mil jovens de Miami nesta notável "Cruzada pela decência" que ocorreu no sábado passado.

Foi uma idéia positiva, que nos levou a prestar mais atenção aos inúmeros problemas que afligem nossa sociedade. Revigorou nossas crenças na geração jovem que constitui nossa maior reserva para o futuro.

Espero que minha apreciação seja transmitida a todos os participantes deste grandioso evento, e sinceras congratulações pelo sucesso de tal esforço.

Richard Nixon
Presidente da República

Door foragido se entrega

Ian Glass

O cantor Jim Morrison entregou-se ao FBI em Los Angeles, ontem à noite. Está sendo acusado por sua controvertida atuação no Dinner Key de Miami.

O foragido de 25 anos teve de abandonar às pressas esta cidade após o *show* (pegou um avião para o Caribe), para não ser "enquadrado".

Este contraventor de longos cabelos que se autodenomina "o rei do *rock* orgástico" prestou um rápido depoimento ao comissário do Departamento de Polícia Federal, de onde foi libertado sob fiança.

Morrison terá de comparecer ao Tribunal Estadual da Flórida (o mandado foi emitido no dia 14 de abril) e não poderá sair do país.

Seis graves acusações pesam sobre ele e já foram todas promulgadas pelo Procurador do Estado desta localidade.

Durante o concerto, Morrison proferiu palavrões e obscenidades. Simulou masturbar-se além de agredir vários seguranças da Thee Image. O público pagou de seis a sete dólares para assistir ao *show*. Os poucos policiais do Departamento de Polícia de Miami que estavam presentes no local não puderam nem pensar em prendê-lo, pois estavam muito ocupados, tentando conter uma turba de mais de dois mil adolescentes que, do lado de fora do auditório, queriam entrar à força.

(Fonte: *Miami News Reporter*, 1969.)

Morrison preso em Phoenix

O cantor Jim Morrison dos Doors, que já havia criado problema em Miami, foi detido em Phoenix ontem à noite, após sair de um avião comercial vindo de Los Angeles.

Morrison e seu amigo, Thomas Baker, foram detidos e fichados na Delegacia de polícia para averiguações sobre as acusações de bebedeira, provocação de tumulto dentro do aparelho e ofensa aos comissários de bordo.

A polícia emitiu uma nota, relatando que eles haviam utilizado linguagem vulgar, não usual nos jatos da Continental Airlines, além de terem atirado copos durante o conturbado vôo.

Os dois teriam vindo a Phoenix para assistir ao concerto dos Stones.

Morrison, que já estava sob várias acusações, deverá apresentar-se em Los Angeles na sexta-feira para ser extraditado à Flórida, onde responderá processo.

O cantor havia passado por Miami na segunda-feira e pediu absolvição de tudo quanto o acusam.

(Fonte: *The Miami News*, 1969.)

Apatia pelo demônio

Mike Gershman

Ninguém está se importando com o que acontecerá a Jim Morrison em Miami. Isso me ocorreu, enquanto esperava o início do julgamento. Grupos de fãs do cantor estavam presentes só "para aparecer". A imprensa está se comportando como se tudo aquilo estivesse passando-se por detrás de uma espessa parede de vidro. Poderiam ter feito matérias menos sensacionalistas, e ele não estaria ali, sendo condenado a cinco anos de prisão. Parece que estão neste tribunal apenas "a trabalho".

Mas o que está por trás deste demônio que supostamente corrompeu a juventude de Miami? Creio que isso deva ser analisado, levando-se em conta o que passa na cabeça de Morrison. Ele "pega" as pessoas numa dimensão mítica — como xamã, símbolo sexual e poeta e filósofo. A imprensa o aborda como se estivesse entrando num templo. As perguntas são sempre respeitosas e a aura de sacralidade que o cerca é impressionante.

Percebi claramente isso quando promotor Terry McWilliams leu os autos do processo. Caminhou até a tribuna, parou por um momento e, após uma longa pausa, começou a proferir a acusação: "...Exibicionismo lascivo e impudico do pênis, simulação de masturbação e copulação oral, exibicionismo do pênis de uma maneira vulgar e indecente com a intenção de ser observado, uso de linguagem chula, apresentação sob o efeito de drogas ou bebida". Ao chegar ao fim, ele poderia ser desrespeitoso e seco com o acusado, saindo repentinamente; mas não... Olhava para Morrison como se ele fosse Jesus Cristo!

No dia seguinte, o julgamento foi iniciado com uma belíssima jovem, Betty Racine. Ela falou que Morrison abaixou suas calças e gritou: "Vocês querem meu pinto?" Mas, infelizmente, onze meses atrás ela não tinha declarado nada disso ao ser interrogada. Um fotógrafo chamado Jeff Simon disse que estava no palco a menos de três metros do cantor e não vira nada. Suas 160 fotos não revelavam a tal exibição.

Mas a grande hipocrisia desse julgamento aconteceu na terça-feira, quando a testemunha de acusação mais esperada, Robert Jennings, deu seu depoimento. Essa curiosa figura tem menos de um metro e meio de altura, é terrivelmente sardento, possui uma longa e gnômica barba ruiva e, pelo jeito, é chegadíssimo numa droga. Além disso, pasmem: TRABALHA NA PROMOTORIA! E não é só, foi este anão de jardim quem assinou a acusação oficial contra Morrison (39 dias após o concerto). Legalmente, para se extraditar uma pessoa de um Estado para outro, é necessário acusá-la de um crime muito grave. Ninguém em Miami conseguiu tal proeza, a não ser Jennings, que acusou formalmente o cantor de comportamento impudico e lascivo, numa intrincada operação jurídica que durou onze meses.

Jennings testemunhou que Morrison havia colocado sua mão dentro das calças, exibindo-se depois, além de jogar vinho sobre as cabeças das pessoas. Foi para o júri uma testemunha muito convincente. Em outro momento, pressionado pela defesa, e com o olhar de anão esquivo, vociferava: "Mas o que vocês querem que testemunhe? O que querem de mim?" Acabou sendo desmoralizado quando seu melhor amigo, que durante o concerto sentara a seu lado, jurou que não vira nada do que o baixinho declarara: exibicionismo, copulação oral, masturbação etc.

(*Fonte*: Revista *Rock*, 1969.)

As portas não abriram: concerto cancelado

Os responsáveis pelo Salt Lake Palace descartaram a possibilidade de uma performance de *acid rock* nesta localidade, pois os Doors são incontroláveis e não se adaptam ao público de Salt Lake City.

McCown E. Hunt, um dos diretores desta casa de espetáculos, declarou que devolverão sem problemas os dezoito mil dólares dos bilhetes já adquiridos (foram vendidos a preços entre três e cinco dólares).

O *manager* do Salt Lake Palace, Earl Duryea, foi quem realmente tomou a decisão de cancelar o espetáculo. Ele assistiu a dois concertos do grupo e, no sábado de manhã, telefonou aos administradores do teatro alertando-os de que o grupo era "incontrolável" e as reações do público de Utah poderiam ser devastadoras.

Duryea disse também que não haveria impedimentos legais para tal atitude, pois o contrato ainda não havia sido assinado pelo representante do conjunto.

"Devolveremos tudo, mas apenas após segunda-feira", declarou o empresário.

(Fonte: *Salt Lake City Tribune*, 1969.)

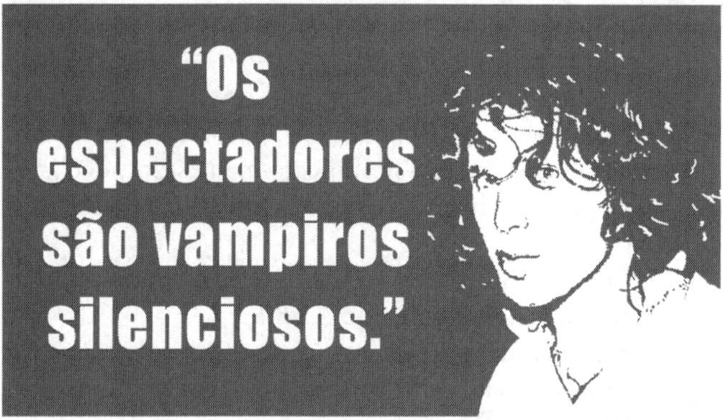

Jim Morrison considerado culpado por indecência

Colin Dangoard

Jim Morrison, 26, de longos cabelos e barba, que se autodenomina "o rei do *rock* orgástico", foi considerado culpado de duas acusações que pesavam sobre ele, por seu comportamento no controvertido concerto que ocorreu nesta cidade em 1º de março de 1969.

Os três homens e as três mulheres que compuseram o júri o absolveram das duas outras acusações, uma das quais considerada a mais grave.

Os jurados, que começaram a deliberar o veredicto no sábado, apenas o anunciaram publicamente no domingo, após uma hora e meia de reunião. Decidiram culpá-lo por exibicionismo vulgar e indecente e uso de linguagem chula.

O cantor, entretanto, foi absolvido das acusações de embriaguez e comportamento lascivo.

O juiz Murray Goodinan, após debater o caso com o promotor Terry McWilliams e os advogados de defesa Robert

Josefsberg e Max Fink, impingiu ao cantor uma fiança no valor de 5 mil a 50 mil dólares.

Morrison tentará apelar a Suprema Corte, embora os gastos legais desse processo possam atingir uma soma fabulosa.

"Este julgamento não modificará meu estilo", declarou o cantor, "porque afirmo categoricamente que não fiz nada de errado."

Os Doors estão planejando fazer outros concertos, mas por enquanto ninguém sabe dizer onde.

Morrison comentou que está querendo apresentar-se em alguma paragem remota da Austrália que possua uma igreja construída no estilo provinciano e que seja tão grande quanto nossos auditórios.

No decorrer do julgamento, o cantor não parou de fazer anotações. Seus planos eram publicá-los num ensaio (ou "algo assim") sobre suas impressões.

"Terei de colocar isto numa canção... Mas o problema é que o desfecho ainda não está definido."

(Fonte: *The Miami Herald*, 1969.)

O público assiste a um novo Jim Morrison

Robert Hilbun

Pela infindável Sunset Boulevard estende-se o teatro Aquarius. A grande atração naquela noite de segunda era Jim Morrison. Os ingressos para o concerto (no qual seria gravado um disco ao vivo) haviam se esgotado há várias semanas. Ao que parece, eles continuam "quentes". Formado há três anos, este grupo começou no Whiskey a Go-Go e suas primeiras aparições eram tão selvagens que a Elektra resolveu gravá-lo.

Desde o primeiro disco, eles (e mais particularmente Jim

Morrison) têm se envolvido em "encrencas" de todo tipo. Calças de couro negro costumavam ser sua marca registrada. Seus movimentos sinuosos excitavam as adolescentes e ofendiam a muitos. Os temas das canções primam por apresentar assuntos como morte, medo, violência e sobretudo sexo.

Mas esta fúria atingiu o ápice no concerto de Miami, que lhe valeu um pesado processo jurídico. A repercussão desse controvertido evento foi tão grande que motivou uma "Cruzada pela decência", movimento que se estendeu às principais cidades do país. Mas o "caso Miami" continua a persegui-lo. Quando recentemente o grupo tocou em Chicago, um jornalista escreveu: "Ele não conseguiu".

Jim era agora qualquer coisa menos o símbolo sexual de outrora. Sentado imóvel num banquinho no centro do palco, fumava despreocupadamente enquanto o som estava sendo testado. Coçava sua grande barba e contemplava os matizes coloridos dos holofotes sob a negra escuridão do auditório.

Parecia estar apenas remotamente interessado no que se passava quando as portas se abriram, às 7h30. Duas garotas que perambulavam em frente ao palco subitamente toparam com aquela figura bizarra e barbuda que todos diziam ser Jim Morrison. Tiraram algumas fotos.

Duas adolescentes de dezessete anos que se sentaram a meu lado (haviam pago cinco dólares cada uma aos cambistas por aqueles lugares de dois dólares) estavam atônitas com aquela nova barba do cantor: "Acabou com seu visual", uma comentou primeiro. Pouco depois acrescentou: "Antes parecia o demônio, agora tornou-se a imagem da santidade. Mas tudo bem, continua excitante".

Às 8h15 o concerto começou. Morrison, com as mãos coladas ao microfone, fechava os olhos para interpretar *Back Door Man*, canção esplêndida do primeiro disco. A extensão vocal de Jim é limitada, porém ele tem a "manha" sensual de torná-la poderosa. O público percebia que ele tentava transmitir algo diferente e estava com ele.

Despojando-se de todos os símbolos antigos, procurava demonstrar à platéia que era alguma coisa além do louco das calças de couro negro ou do símbolo sexual que assolara Miami. Estava mais amadurecido e sério. Sua grande ambição, nesse momento, era ser agora reconhecido como artista.

Sem dúvida, tinha sido um grande artista naquela memorável noite de segunda. Se persistir nesse caminho, provará, a despeito de seu controverso passado e da má fama que o estigmatiza, que é tão bom quanto afirmam há muito seus admiradores.

(Fonte: *Los Angeles Times*, 1970.)

Os últimos dias de Jim Morrison em Los Angeles

Uma esperança para o futuro

Dan Knapp

Semanas atrás, numa das mesinhas de calçada de um café na Cinega Boulevard, Jim Morrison estava parecendo nada menos que o Dr. Jekyll, bem de acordo com a imagem que lhe pintaram a grande e a pequena imprensa. Muita comida o havia inflado e acentuara seu bom caráter e sua conversação tranqüila e brilhante. Cabelos castanhos caindo pelos ombros, uma barba um tanto messiânica. Estava plácido e calmo, como se fosse uma versão ultramasculina da cantora *folk* Joni Mitchel que estava sentada na mesa ao lado. Não havia nele o menor sinal de tremedeira, depressão, obscenidade, embriaguez ou narcótico.

Tomou rapidamente três drinks, entremeados de várias garrafas de cerveja que, segundo suas palavras, "serviram para saciar a sede dos demônios que me guiam".

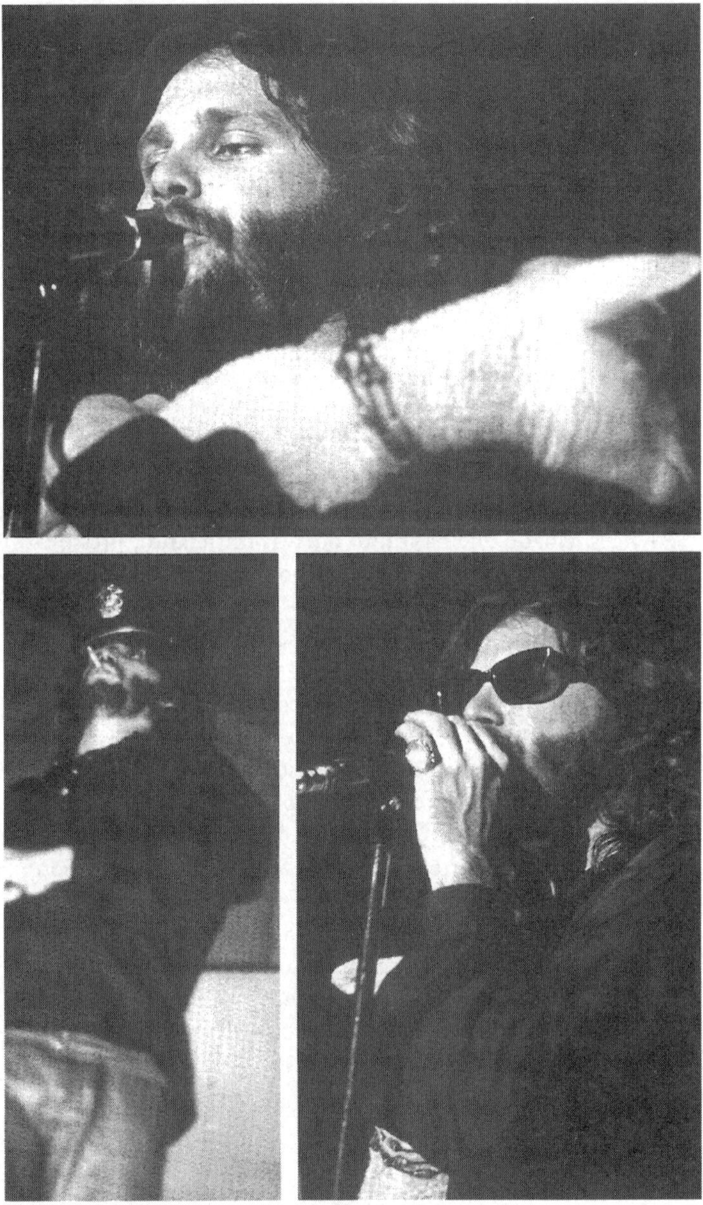

Morrison no conturbado *show* no Dinner Key, Miami, 1969.

Mais tarde, num pequeno estúdio que ficava ao lado do escritório do grupo, na Santa Monica Boulevard (onde o LP *L.A. Woman* estava sendo mixado), seu lado Dr. Jekyll revelou-se intensamente, como sempre: "Tivemos vários atritos com Paul Rothchild, produtor da maior parte de nossos discos, e decidimos fazer este por nossa conta. Nos sentimos confortáveis aqui, parece que estamos em casa".

Nascido na Flórida, estudou cinema na UCLA. Era muito mais poeta que *performer.* Este poeta analista de gravação e filósofo publicou por uma grande editora suas obras poéticas completas *The Lords and New Creatures.*

Vivia no centro da cidade num pequeno hotel de terceira, e seus poucos pertences cabiam todos numa mala ou duas (a despeito de estar praticamente milionário).

Nos últimos meses, andava meio aborrecido com Los Angeles, cidade que há muito odiava. Entretanto, prestou-lhe uma grande homenagem, cantando-a em *L.A. Woman.*

"Se eles disserem que nunca a amaram, saberá que estão mentindo."

Durante a conversa que tivemos, me segredou que o próximo LP do grupo seria apenas instrumental, e não participaria. "Tocarão *Heavy Blues* certamente!" Os *blues* já haviam infundido grande parte de *L.A. Woman.* Mas depois acabou mudando de idéia, dizendo que gostaria também de cantar no novo LP. Sua voz suave e contundente havia lhe regalado fama e dinheiro, mas também muito desgosto.

(Fonte: *Los Angeles Times,* 1971.)

Último telefonema de Jim Morrison aos Doors

John Densmore

O telefone tocou terça de manhã:

"Como está? ", disse a voz que eu bem conhecia. Aquele timbre cavernoso e whiskeado que me inspirava terror.

"Oi Jim!", respondi-lhe instintivamente, embora ele fosse a última pessoa com a qual gostaria de falar naquele momento. "Como vão as coisas aí na França?"

"Tudo OK. Como está indo o LP *L.A. Woman?*"

"Muito bem", disse eu. *Love Her Madly* já está em quarto lugar nas paradas." Embora não lhe dissesse que já havíamos começado a ensaiar sem ele, foi duro admitir e impossível contar-lhe que não conseguia nem pensar em fazer outra gravação com o Dr. Jekyll do *rock*.

"Jim, quando é que você pretende voltar?" Meu desejo era de que ele ficasse longe o máximo possível, pois já estávamos pensando em realizar um LP apenas instrumental. Ele mesmo já havia tocado nessa possibilidade. "Mas sem Jim?" Todos disseram: "E os fãs, como receberão a notícia?" Fodam-se! Será um alívio tocar sem ele!

"Estarei de volta dentro de alguns meses..."

"Jim, a Elektra quer transformar *Riders On The Storm* num segundo compacto; será demais!" Falei isso por cortesia, pois na verdade sabia que ele não continuaria mais no grupo. Eu não agüentava mais aqueles *blues* monótonos e arrastados. São excelentes para um cantor, mas para um baterista como eu são entediantes.

"OK. Bem... Nos veremos. Até mais."

"Jim, obrigado pela chamada."

Tremulante, pensei: Minha nossa! já estávamos ensaiando sozinhos e agora não havia mais retorno. As música instrumentais estavam incríveis e tanto Ray quanto Robbie nem cogitavam a possibilidade de gravar outro LP com Jim no estado empastado e alcoolizado em que ele se encontrava. Sabia que aquela sobriedade no telefone era apenas momentânea.

"Meu Deus", exclamei, fazendo o sinal da cruz.

(Fonte: *Riders on the Storm*, 1991.)

Paris 1975

John Densmore

Parecia que vinha chuva. Torci para que uma forte tempestade se precipitasse, pois assim não teria de visitar sua cripta. Minha freqüência cardíaca acelerou. Olhei para Robbie, Danny Sugerman e Hervé Muller que estavam no carro, quando nos aproximávamos do cemitério. Estavam todos inquietos.

As altas muralhas de pedra nos espreitavam, como se estivessem resguardando algo ancestral e misterioso. Ao entrarmos, um gendarme do tipo daqueles dos filmes de Chaplin perguntou-nos aonde íamos.

"Sabe onde fica a tumba de Jim Morrison?"

"Ah, mas *oui*! *Monsieur* Morrison está no alto da ruela de paralelepípedos. Podem ficar tranqüilos: os grafites os levarão lá. Muitos foram removidos recentemente e espero que vocês não contribuam com mais alguns. *D'accord*?"

A ruela ficava cada vez mais íngreme. Passamos por centenas de criptas cobertas pelo musgo. Uma névoa espessa e úmida nos envolveu enquanto éramos seguidos por uma verdadeira multidão de gatos que perambulavam pelas tumbas. O cemitério mais famoso da Europa, o Père Lachaise, é um verdadeiro albergue para milhares desses felinos.

Jim decerto estaria adorando esse tipo de companhia. Mas me parecia estranho que o bom menino da Flórida esti-

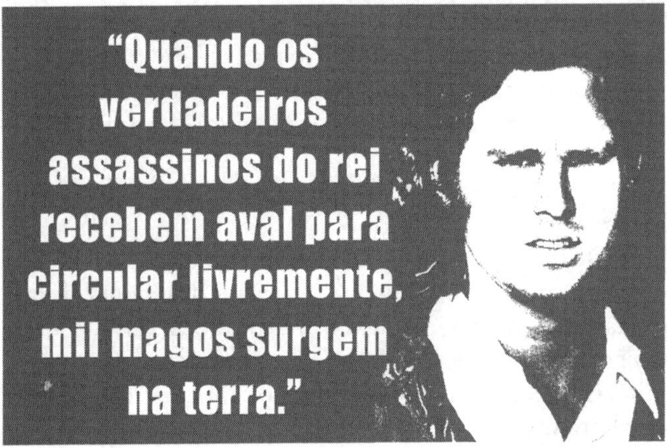

vesse aqui. Só esperava que ele não tivesse planejado detalhadamente isso tudo.

As lápides centenárias indicavam as famosas presenças de Oscar Wilde, Balzac e Chopin. Continuamos a caminhar e, de repente, observamos um grafite que dizia: "Morrison — por aqui". Sobre as criptas, dezenas de outras inscrições em *spray* podiam ser apreciadas: "Domínios do ácido", "Este não é o fim", "Jim era *junkie*" etc. Comecei a perceber que estávamos nos acercando do local procurado.

"É por aqui", disse Hervé, um pouco cansado. Procuramos o lugar, perambulando em círculos entre várias criptas de granito, até que finalmente encontramos o pequeno retângulo de cimento.

Incrédulo, perguntei: "Mas é isso aqui?" Pensei então, com pesar: teria sido este o fim do Xamã elétrico, do Rei do ácido, do Édipo Rei?

Merda.

Lacrimejante, comentei a Danny Sugerman: "Você agora entende?"

Respondeu-me secamente: "Não tenho a mínima idéia".

"Claro que não", disse-lhe, "você não tocou na banda. Era apenas nosso divulgador."

Robbie estava quieto num canto e, como sempre, não demonstrava sua emoção. Nosso guitarrista é muito introvertido. É meu melhor amigo.

"Como pode Jim caber neste espaço?", comentei jocosamente.

"Ele tinha pelo menos 1,98m de altura!"

Neste momento, pensei na veracidade da hipótese de que ele não esteja morto (ninguém viu o corpo). Decerto, poderia estar em algum remoto lugar na África, tentando reviver outro mito. Começou como Dionísio, depois foi Nietzsche e estaria ele agora sendo Rimbaud?[1]

Silente estava a estela de pedra. Era um silêncio profundo e provocador.

Começou a cair uma tênue garoa. Senti um calafrio, enquanto Robbie e Hervé olhavam em torno, nervosamente. Neste momento, um jovem guitarrista itinerante aproximouse e começou a tocar uma de nossas canções. Na sua mochila, estava afixado um grande adesivo "The Doors":

Não há como escapar.

(Fonte: *Riders on the Storm*, 1991.)

[1] Rimbaud é um dos maiores poetas franceses. Maldito no fim do século passado, parou de escrever com vinte e poucos anos, passando a viver na África como mercador de armas.

Michael McClure

Jim foi um herói metamórfico que nos emocionou com sua energia e coragem. Captava tudo com seus sentidos e aguçou-os alterando-os com álcool (sagrado para Dionísio, deus grego da tragédia e da embriaguez), ácido e elixir interior de sua própria exaltação e exuberância.

Vi pela primeira vez seus poemas em Londres, sob a luz lúcida e mescalínica de um revertério. Sobre a mesa, de manhã, estavam os manuscritos de *The New Creatures*. Fiquei realmente entusiasmado com eles.

Não conheço nenhum poeta melhor que Jim em sua geração. Poucos poetas tornaram-se figuras públicas ou pessoas com domínio total de palco (talvez apenas Maiakovsky, nas décadas de 1920 e 1930 na Rússia) e nenhum teve carreira tão curta e intensamente poderosa.

A presença e a obra de Jim engendraram uma onda vibrante, e ele aparece como uma estátua iridescente e vociferante, diante dos canhões de luz e dos grandes amplificadores. Mas seus poemas e músicas continuam a provar, sutilmente, que somente a "Morte de morte pode redimir".

(Fonte: *No one here gets out alive,* de Hopkins, J. & Sugerman, Danny, 1980.)

Nico

Jim Morrison aconselhou certa vez Nico, cantora alemã do lendário grupo Velvet Underground (criado por Andy Warhol e que tinha como componentes Lou Reed, J. Cale, entre outros), a cantar sozinha. Deste encontro surgiu a idéia que resultou nos seus dois discos solo, em que ela canta acompanhada apenas de um harmônio indiano (*Marble Index* e *Deser-*

tshore). Com voz profunda e wagneriana (é impressionante sua versão de *The End*), dedica uma de suas canções a Jim:

Malabarizam harmoniosas
as caravanas dos loucos
Fez uma pausa e recomeçou a cantar
Suas canções novamente
Inclina-se, beija o chão horizontal
Ergue-se uma pomba
Como signo de honra
Sua máscara é abandonada
Alegria, Nascimento, Devaneio
Na harmonia com sutil forma e nobre força
Calma e vasta sua voz emerge em cachoeira
De seu suave palco
Calma e vasta repousa a cidade
Amável e calmo Julius repousa
Para que Octaviano triunfe
Alegria, Nascimento, Devaneio

(Fonte: *No one here gets out alive,* 1980.)

Stone "viaja" na história dos Doors

Ana Maria Bahiana

O espírito do líder dos Doors, Jim Morrison (1943-1971), parece ter contagiado o cineasta Oliver Stone. Na última sexta-feira, Stone estreou nos EUA seu novo filme, *The Doors*, que retoma a trajetória da banda californiana no fim da década de 1960.

Em entrevista a imprensa estrangeira no mesmo dia, declarou: "Estou viajando até agora por ter feito este filme".

"Alguns filmes te deixam exausto. Eles tomam sua energia e não colocam nada no lugar", diz Stone. "Definitivamente, não é o caso deste."

The Doors é, de fato, um assalto aos sentidos. Ao longo de pouco mais de duas horas, recompõe a trajetória de Morrison como a de um herói mítico dos nossos tempos — parte Dionísio, parte Orfeu e parte Fausto.

Stone utiliza imagens que progridem do psicodélico ao infernal. A música dos Doors, onipresente, fornece comentários para toda a ação.

O filme tem sido recebido com críticas unanimemente favoráveis. Os críticos destacam a performance de Val Kilmer no disputado papel de Jim Morrison. Curiosamente, a escolha de Kilmer para o papel enfureceu tanto a família do cantor e poeta quanto os três Doors sobreviventes.

"Ao longo do projeto, tive que lidar com uma chuva de 'especialistas' que se ofereciam para me dizer como a década de 1960 'realmente foi' e como as coisas 'realmente se passaram' com os Doors...", lembra Stone.

"Mas a minha escolha era clara: meu foco era Morrison, a poesia de Morrison. É ela que move todo o filme. Para mim, a história dos Doors sempre foi, sobretudo, a história de Jim Morrison."

Stone levou quatro anos para desenvolver e finalizar *The*

“Eles têm as armas e nós, número.”

Doors. Assina a direção e é co-autor do roteiro final. O filme começa mostrando Morrison como um garoto tímido da Universidade da Califórnia que fazia filmes obscuros e enchia de poemas um grosso caderno espiral.

Em seguida, envereda por sua transformação em *pop star*. Em princípio relutante, Morrison logo se deixa intoxicar pelas doçuras do estrelato.

Stone mostra-se particularmente brilhante nesta progressão do primeiro ao segundo ato — que corresponde, no filme, à impressionante reconstrução de uma América em processo de enlouquecimento.

O roteiro flagra a oscilação básica da personalidade pública de Morrison — do narcisismo mais deslavado (“eu adoro ser famoso”) ao heroísmo poético (“eu sou um xamã que tem visões pela tribo e é capaz de curá-la”).

O filme pesquisa ainda outra transição de Morrison — do binômio bebidas-drogas alucinógenas aos químicos pesados. Stone retrata a descida aos infernos de Morrison com a mesma meticulosidade com que documentou os combates do Vietnã.

Segundo Stone, uma série “enciclopédica” de impedimentos legais, colocados pela família de Morrison e de sua namorada Pamela Courson e pelos demais Doors, impediram que fosse mais explícito em sua abordagem do espírito autodestruidor de Morrison.

O que não impediu o cineasta de levar às telas uma visão peculiar do mito. Para Stone, Jim Morrison era "apaixonado pela morte".

"Jim acreditava que estar vivo só valia a pena se ele pudesse correr todos os riscos, explorar todas as possibilidades", diz. "Ele acreditava nesse flerte permanente com a morte, como forma de validar a vida."

Stone confessa, contudo, saber pouco mais sobre Morrison. "Eu acredito que ele viveu e morreu por sua arte, porque acreditava nela", diz. "Mas a maior parte da vida de Jim ainda é um mistério para mim."

Tecladista condena filme

Dos três Doors remanescentes, apenas o tecladista Ray Manzarek se opõe a *The Doors*. Quando o filme começou a ser rodado, declarou que Stone não sabia o que fazia e que estava "invocando energias pesadas".

Kyle McLachlan, que faz Manzarek no filme, tem sua própria teoria a respeito: "Ray tem seu próprio roteiro pronto, ele era um dos que queria fazer um filme sobre os Doors e, evidentemente, está enciumado".

O baterista John Densmore (que acaba de publicar seu livro de memórias, *Riders on the Storm*) e o guitarrista Robbie Krieger colaboraram intensamente com o projeto, treinando os atores Kevin Dillon e Frank Whaley, que fazem seus papéis no filme.

"Ele foi extraordinário", diz Whaley a respeito de Krieger. "Eu estava constrangido em representar uma pessoa viva, próxima. Ele me ajudou imensamente."

Densmore foi mais além na colaboração. Ele faz uma ponta no filme. "Este não é o filme que eu faria, sabendo o que eu sei de Jim, mas é um bom filme", diz. "É um filme honesto, é a visão de Oliver."

Krieger diz que o filme "ficou muito melhor" do que

esperava. "Eu tinha medo porque não tínhamos controle sobre Stone", diz. "Mas acho que foi melhor assim. Antes ter a visão dele, que é brilhante, do que ter mais controle sobre um diretor mais fraco, e ter um filme medíocre."

(Fonte: *Folha de S. Paulo,* 6 de março de 1991.)

Filme reinventa o mito Jim Morrison

Sérgio Sá Leitão

Estréia amanhã em São Paulo o filme *The Doors*, biografia do grupo californiano de *rock* e de seu carismático líder, o cantor e poeta Jim Morrison. O filme foi rodado pelo diretor norte-americano Oliver Stone. Ele deixou de lado o Morrison do cotidiano, optando por filmar o Morrison mítico erigido na década de 1960.

James Douglas Morrison (1943-1971) foi brindado com uma vasta galeria de cognomes mistificadores. Era chamado de "Rei Lagarto" e "Rei do rock orgástico". Visto com lentes filtradas pelos cognomes, foi retratado pela posteridade como um poeta bêbado e trovador dionisíaco integral, um clichê de Rimbaud, Artaud e Byron.

O Morrison-clichê é o herói de livros como *No One Here Gets Out Alive*, de Danny Sugerman e Jerry Hopkins (1980), e *Dark Star*, de Dylan Jones (1990). É também o herói do filme *The Doors*, sua definitiva cerimônia de mitificação.

Stone tinha várias opções. Poderia filmar os 27 anos da curta vida de Morrison com um olhar desmitificador — diria, então, que há ao menos dois Morrisons: o que se tornou notícia e o que não se tornou. Poderia caricaturar o mito numa chanchada — como fez Jim McBride em *A fera do rock*, biografia de Jerry Lee Lewis (1989). Poderia celebrar o mito. Escolheu a terceira via.

Nas imagens de *The Doors*, Morrison surge como a plena fusão de todos os cognomes consagrados na mídia. O Morrison dos acontecimentos radicais que mereceram registro, das transgressões permanentes — eis o Morrison desenhado por Stone. Um Morrison que, como escreveu o jornalista francês Hervé Muller, seu amigo em Paris, na *première* francesa, "é uma fantasia do diretor".

Há traços marcantes e não gratuitos no nevoeiro que envolve o filme. O roteiro, assinado por Randal Johnson e Stone, foi baseado no livro de Sugerman e Hopkins, a apoteose da mitificação impressa de Morrison. A trilha reúne apenas músicas convencionais. Ray Manzarek, o apolíneo tecladista do grupo, negou-se a participar do projeto. Stone declarou, de súbito, que Morrison é seu maior herói.

A ligação entre os quatro momentos revela muitas das razões que fazem de *The Doors* um filme decepcionante. Manzarek foi a consciência crítica dos Doors, o intelectual racionalista antimito. A tarefa de Sugerman e Hopkins foi oposta. A trilha, compilada pelo próprio diretor, não denota gosto apurado. A declaração beira a demagogia e indica a superficialidade dos contatos de Stone com Morrison.

Há ainda outros problemas — problemas que superam a excelente atuação de Val Kilmer (Morrison) e a mestria de Stone em cenas coletivas (*shows*). O olhar mistificador o leva a entupir os diálogos com discursos manifestos. As falas de Morrison foram extraídas de seus livros de poesia e de suas letras. O Morrison do filme delira sobre copos de água. E suas transgressões parecem insossas rebeldias sem causa.

(Fonte: *Folha de S. Paulo,* 23 maio de 1991.)

Os Doors, que passeavam pelo mundo *underground*, estavam calcados na figura de Morrison.

JIM MORRISON
Registros

Discografia

1967 (*Janeiro*) - **The Doors** - Elektra.
Break On Through / Soul Kitchen / The Crystal Ship / Twentieth Century Fox / Alabama Song / Light My Fire / Back Door Man / I Looked At You / End Of The Night / Take It As It Comes / The End.

1967 (*Outubro*) - **Strange Days** - Elektra.
Strange Days / You're Lost Little Girl / Love Me Two Times / Unhappy Girl / Horse Latitudes / Moonlight Drive / People Are Strange / My Eyes Have Seen You / I Can't See Your Face In My Mind / When The Music's Over.

1968 (*Julho*) - **Waiting For The Sun** - Elektra.
Hello, I Love You / Love Street / Not To Touch The Earth / Summer's Almost Gone / Wintertime Love / The Unknown Soldier / Spanish Caravan / My Wild Love / We Could Be So Good Together / Yes, The River Knows / Five To One.

1969 (*Julho*) - **The Soft Parade** - Elektra.

Tell All The People / Touch Me / Shaman's Blues / Do It / Easy Rider / Wild Child / Runnin' Blue / Wishful Sinful / The Soft Parade".

1970 (*Fevereiro*) - **Morrison Hotel** - Elektra.

Road House Blues / Waiting For The Sun / You Make Me Real / Peace Frog / Blue Sunday / Ship Of Fools / Land Ho! / The Spy / Queen Of The Highway / Indian Summer / Maggie M'Gill.

1970 (*Julho*) - **Absolutely Live** (Gravação ao vivo em álbum duplo) - Elektra.

Who Do You Love Medley / Alabama Song / Back Door Man / Love Hides / Five To One / Build Me A Woman / When The Music's Over / Close To You / Universal Mind / Break On Through / The Celebration Of The Lizard / Soul Kitchen.

1970 (*Novembro*) - **13** (Coletânea) - Elektra.

Light My Fire / People Are Strange / Back Door Man / Moonlight Drive / Crystal Ship / Roadhouse B1ues / Touch Me / Love Me Two Times / You're Lost Little Girl / Hello I Love You / Wild Child / Unknown Soldier.

1971 (*Abril*) - **L.A. Woman** - Elektra.

The Changeling / Love Her Madly / Been Down So Long / Cars Hiss By My Window / L.A. Woman / L'America / Hyacinth House / Crawling King Snake / The WASP (Texas Radio & The Big Beat)[1] / Riders On The Storm.

---

[1] Segundo Morrison, WASP significa white, anglo-saxon protestant (branco, anglo-saxão e protestante).

"A cidade engendra (geralmente física, mas inevitavelmente psiquicamente) um círculo. Um jogo mortal tendo o sexo ao centro."

1972 (*Janeiro*) - **Weird Scenes Inside The Gold Mine** (Coletânea em álbum duplo) - Elektra.

Break On Through / Strange Days / Shaman's Blues / Love Street / Peace Frog / Blue Sunday / The WASP / End Of The Night / Love Her Madly / Spanish Caravan / Ship Of Fools / The Spy / The End / Take It As It Comes / Runnin' Blue / L.A. Woman / Five To One / Who Scared You (You Need Meat) / Don't Go No Further / Riders On The Storm / Maggie M'Gill / Horse Latitudes / When The Music's Over.

1973 (*Agosto*) - **The Best Of The Doors** (Coletânea, quadrifônico) - Elektra.

Who Do You Love / Soul Kitchen / Hello I Love You / People Are Strange / Riders On The Storm / Touch Me / Love Her Madly / Love Me Two Times / Take It As It Comes / Moonlight Drive / Light My Fire.

1978 (*Novembro*) - **An American Prayer** - Elektra.

Gravação de Jim lendo seus poemas, musicada posteriormente por Manzarek, Krieger e Densmore. Inclui uma publicação de oito páginas com poemas, fotos em cores e desenhos

Cartaz de "procurado", no estilo velho oeste, lançado na época pela revista *Rolling Stone*.

de Morrison, além de uma versão inédita de *Roadhouse Blues, Awake, To Come of Age, The Poet's Dreams* e *World On Fire.*

1983 - Doors Alive She Cried (Ao vivo) - Elektra.

Gloria / Light My Fire / You Make Me Real / Texas Radio & The Big Beat / Love Me Two Times / Little Red Rooster / Moonlight Drive.

The Doors Live At The Hollywood Bowl (Ao vivo) - Elektra.

Wake Up / Light My Fire / Unknown Soldier / A Little Game Hill Dwellers / Spanish Caravan.

1991 - The Doors - Elektra.

Trilha sonora do filme de Oliver Stone. Gravações dos Doors mixadas na voz de Val Kilmer, além de composições de Lou Reed, Billy Idol e outros.

Discos piratas

Isle of Wight Festival.

Sky Hight — Jim canta ao som das guitarras de Jimi Hendrix e Johnny Winter.

Live at The Roundhouse.

Live at Matrix.

Live at New York.

Doors por outros

1974 - The End (Com Nico, Phil Manzanera, Brian Eno e J. Cale) - Island.

Interpretação magistral da música *The End* feita pela cantora alemã Nico, do grupo Velvet Underground, com timbre profundo e wagneriano.

1979 - Ananda Shankar - Warner.
Adaptação livre feita para cítara indiana (*sitar*) de *Light My Fire* na escala da peça clássica indiana *Raga Kafi*: *Ananda Shankar*.

Filmografia

Break On Through — 16mm (cor).
Clip da Elektra para TV. 2'25

The Unknown Soldier — 16min (cor).
Clip da Elektra para TV. 3'10

Feast of Friends — 16min (PB e cor).
Documentário filmado e idealizado por Jim Morrison e Paul Ferrara. 40 minutos

Highway (cor).
Filme de Jim Morrison, Frank Lisciandro e Paul Ferrara. 50 minutos

The Doors Are Open (filme para TV em PB).
Montagem de cenas de concerto mixadas dos eventos políticos de 1968, produzido pelo canal Granada da TV inglesa. 60 minutos.

The Doors — 35mm (cor).
Filme dirigido por Oliver Stone que refaz a trajetória biográfica de Jim Morrison, com Val Kilmer no papel principal. 140 minutos.

Videografia

The Doors, Dance on Fire — Direção de Ray Manzarek. CIC Video.

The Doors Live at Hollywood Bowl.

The Doors: Miami Affair — Montagem a partir da documentação em 8mm feita pelo cineasta amador Julian Frost. (VHS)

The King Lizard — Documentário produzido pelo Canal 4 da TV britânica.

The Doors Live in Europe — Documentário sobre a turnê do grupo pela Europa (lançado recentemente no exterior).

“Existem coisas que conhecemos e outras que não, entre elas existem as portas.”

JIM MORRISON
Bibliografia

Livros de Jim Morrison

MORRISON, Jim — *The Lords.* Edição numerada (tiragem limitada de 100 exemplares). Nova York, Western Lithographers, 1969.

MORRISON, Jim — *The Lords & New Creatures.* Nova York, Simon and Schuster, 1970.

MORRISON, Jim — *An American Prayer.* Edição numerada (tiragem limitada de 500 exemplares). Nova York, Western Lithographers, 1970.

MORRISON, Jim — *An American Prayer.* Nova York, Simon and Schuster, 1975.

Leitura recomendada

DENSMORE, John — *Riders on the storm.* Nova York, Delacorte Press, 1991.

DOE, Andrew & TOBLER, John — *The Doors in their own words.* Nova York, Omnibus Press, 1984.

HOPKINS, Jerry & SUGERMAN, Danny — *No one here gets out alive.* London, Plexus Publishing Ltd., 1980.

MIKE, John — *Jim Morrison and The Doors.* Nova York, Gosset & Dunlap, 1969.

MULLER, Hervé — *Jim Morrison au-delá des Doors.* Paris, Editions Albin Michel, 1973.

SEYMORE, Bob — *The End: the death of Jim Morrison.* Londres, Music Sales, 1991.

SUGERMAN, Danny — *The Doors — the illustrated history.* Nova York, Omnibus Press, 1988.

The Doors Complete (letras e partituras de todas as músicas dos Doors). Los Angeles, Music Sales Corporation Ed., 1987.

Principais entrevistas de Jim Morrison

Eye, abril de 1968 (por Digby Diehl)

New York Magazine, 5 de agosto de 1968 (por Richard Goldstein)

Los Angeles Free Press, 19 de julho de 1968 (por John Carpenter)

Rolling Stone, julho de 1969 (por Jerry Hopkins)

Melody Maker, 2 de maio de 1970

Circus, janeiro/fevereiro de 1971 (por Salli Stevenson)

Rolling Stone, 4 de março ele 1971 (por Ben Fong Torres)

Leitura não ecomendada

The Bank of America of Louisiana — Obra editada em 1975 sob a suposta autoria de Jim Morrison. É espúria e publicada como se o autor estivesse vivo e trabalhando nessa instituição como um bancário *junkie.* Evidentemente não foi escrita por ele e, como bem observou Hervé Muller, "Jim certamente teria gostado desta última piada do absurdo americano". Nova Orleans, Zeppelin Publishing Corporation, 1975.

RICHARD, Jacques — *Jim Morrison vivant.* Paris, Editions Arion, 1989. Nesta obra, o autor tenta provar, por meio de uma série de argumentos pouco convincentes, que Morrison estaria vivo nos dias de hoje.

Livros consultados

ARTAUD, Antonin — *Les Taraumara.* Col. Idée. Paris, Gallimard, 1971.

CAPRA, Fritjof — *O Tao da Física* — um paralelo entre a física moderna e a mística oriental. Editora Cultrix, São Paulo.

CROWTERS, Wilson — *Shamanism and Sorceres.* Londres, Rider and Company, 1990.

MARSICANO, Alberto & Go — *Escritos de William Blake.* Col. Rebeldes e Malditos, Vol. 7. Porto Alegre, L&PM, 1984.

MARSICANO, Alberto — *Haikai — antologia da poesia clássica japonesa.* São Paulo, Ed. Oriento e Japan Fundation, 1989.

RIMBAUD, Arthur — *Oeuvres Completes.* Paris, Gallimard, 1979.